KB097365

엎드리는 개

LE CHIEN COUCHANT
by Françoise Sagan

엎드리는 개

LE CHIEN COUCHANT

프랑수아즈 사강　김유진 옮김

안온

마시모 가르지아에게

차례

일러두기

- 주석은 모두 옮긴이의 것이며, 본문 하단에 각주로 표기했습니다.

회계과는 오래된 상송 공장에서 유일하게 남은, 예전에는 붉은색이었을 작은 벽돌 건물의 안마당 구석 자리로 밀려나 있었다. 게레는 자기 앞에 끝없이 펼쳐진 너무도 밋밋한 풍경을 창문으로 바라보고 있었다. 그곳에는 방치되거나 이미 절반쯤은 땅으로 돌아간 초라한 광재(鑛滓) 더미 몇 개가 아무렇게나 솟아 있었는데, 그래도 그 사이에 꼿꼿이 선 채 십자가도 없이 천천히 임종을 향해 가는 먼지를 뒤집어쓴 세 그루의 나무보다는 개수가 많았다. 그중 가장 높고 게레와도 가장 가까이에 있는 광재 더미는 저녁이면 지는 해와 게레 사이에서 흙바닥부터 담벼락까지 길게 그림자를 늘어뜨려, 그를 속박했다. 매일 저녁 그림자는 벽을 넘어 그가 내다보는 창문에까지 이를 것 같았고, 게레에게는 그런 착시가 위협적으로 느껴졌다. 퇴근하려면 그것과 다른 두 개의 광재 더미 앞을 지나쳐야 했기 때문이다. 그래서 게레는 쓸쓸하기는 해도 그림자를 지나지 않아도 되는 몇 달간의 겨울을 좋아했다.

"투렌행 대금 계산은 끝났나? 아직인가? 이런, 실례했군. 6시 10분 전이면 우리 게레 씨는 퇴근하기 바쁘실 땐데 말이야……."

모샹이 평소처럼 살금살금 사무실로 들어왔다. 그가 개처럼 짖어대기 시작하자, 게레가 여느 때처럼 소스라치게 놀랐다. 게레가 모샹의 적의에 마음 졸이는 것은 그것이 가져올 현실적인 결과 때문은 아니었다. 그는 자신이 해고하겠다는 생각조차 떠오르게 하지 않을 정도로 이 공장에서 너무나 평범하고 성실하고 보잘것없는 존재라는 것을 알았다. 그를 불안하게 만드는 것은 그보다는 자신을 향한 모샹의 증오심에 어떤 동기도 없다는 점에 있었다. 그것은 부하 직원을 향한 회계과 과장의 고압적인 짜증 같은 게 아니었다. 다른 무언가였다. 그리고 누구도, 게레나 어쩌면 모샹 본인조차 그 원인을 몰랐으며 그 증오가 어떻게 이토록 분명해졌는지, 어찌 보면 도저히 덮

어둘 수 없는 지경에 이르렀는지 알지 못했다.

"끝냈는데요." 자리에서 일어난 게레가 꼼꼼히 소분하여 정리해둔 서류 더미를 무의식적으로 뒤적이며 말했다.

그리고 그는 축축이 젖은 손으로 얼굴이 벌게진 채 세 시간 전에 이미 끝내놓은 서류를 필사적으로 찾아 헤맸다. 그러나 게레는 곧 서류를 되찾아 그것을 모샹에게 건네며 안도감을 느낀 것을 후회했다.

"여기……." 그가 과도하게 큰 목소리로 더듬어댔다. "여기…… 이게 바로……."

모샹은 이미 떠난 뒤였다. 게레는 서류를 든 채 그대로 정지해 있다가 어깨를 으쓱했다. 경보음이 벌써 안마당에 울려 퍼지고 있었으므로 모샹의 말은 거짓이었다. 그가 소리 지르기 시작했을 때는 6시 10분 전이 아니라 6시 2분 전이었던 것이다. 게레는 소매 안감이 뜯어진 레인코트에 가까스로 몸을 욱여넣었다. 벌써 일주일째 꿰매야겠다고 생각하고 있었다.

따뜻한 기온에도 옷깃을 세운 게레는 길모퉁이의 아리송한 간판이 걸린 레 트루아 나비르‡ 카페까지 걸어가,

---

‡ '세 척의 배'라는 뜻.

유리창에 눈을 바짝 갖다 댔다. 안에는 그제나 어제나 내일이나 매한가지인 사람들이 있었는데, 막 블롯 게임‡을 시작한 상송 공장 직원 넷, 핀볼 게임 중인 애송이 둘, 바에 앉은 술 취한 관리인, 늘 같은 구석 자리에 앉는 커플 하나, 그리고 침울한 표정의 가게 주인 장피에르가 눈이 약간 사시인 신입 웨이트리스를 무자비한 시선으로 감시하고 있었다.

니콜도 그녀의 단짝인 뮈리엘과 함께 있었는데, 둘 다 문 쪽을 바라보고 있었다. 게레는 머뭇거렸다. 두 여자가 자신을 발견한 것 같아 자기도 모르게 한 발 뒤로 물러났다. 그는 누구에게 하는 것인지 알 수 없는 모호한 거절의 제스처를 취하고는 바쁜 척 광재 더미 쪽으로 발길을 돌렸다.

낮 동안엔 비가 내렸다. 젖은 벽돌과 철골이 햇빛에 반짝이는 거리를 그는 빠른 걸음으로, 평소 자신이 '유능한 사람'의 걸음걸이라고 생각해온 속도로 걸었다. 사실 빨리 걷는다는 것은 그에게서 어떤 동작을 취할 것인지, 손을 어디에다 둘 것인지 선택할 가능성을 없애버리는 행

‡ 카드 게임의 일종.

동이었다. 빨리 걷기란 천천히 걷는 사람이 겪는 끔찍스러운 자유를 제거하는 것이자, 그에게서 그 자신을, 사춘기 이후부터 줄곧 자기 것이 아닌 것만 같은 거대한 몸뚱이라는 짐을 덜어주는 일이었다.

여느 때와 같은 시간에 집에서 나온 개가 그의 보폭에 맞춰 뒤따르기 시작했다. 매일 저녁 게레는 영문도 모른 채 그 개와 500미터 정도를 함께 걷고 있었다. 개가 그를 마중 나오는 것은 아니고 도중에 합류해 그의 하숙집에 거의 다다르면 걸음을 멈췄다가, 그가 집 안으로 들어가 사라지는 것을 확인한 뒤 사색에 잠긴 듯 총총대며 자기 집으로 돌아갔다.

첫 번째 광재 더미 그림자에서 빠져나온 게레가 담배에 불을 붙이기 위해 걸음을 멈췄다. 바람이, 시골 냄새와 풀 냄새가 뒤섞인 낯선 밤바람이 불어와 성냥불을 꺼뜨리더니, 두 번째, 세 번째 성냥불을 연이어 꺼뜨렸다. 네 번째 성냥불에 손가락을 데이자 신경질이 난 그가 다른 성냥을 꺼내지 않고 성냥갑을 내동댕이쳐버렸다. 첫 번째 성냥이 뒤늦게, 그가 던져버린 바로 그 자리에서 저절로 타오르기 시작했다. 게레는 반사적으로 그곳을 바라보았다. 석탄 사이에서 무언가가 반짝이고 있었다. 기이하게 반짝이는 그것을 향해 발을 뗐다. 조개탄들 틈에서 무언가가, 금속 줄 같은 것이 빛을 내고 있었는데, 몸을 굽히자 줄에 연결된 수공예 시계와 줄에 뒤엉킨 다른 줄들이 보였다. 게레는 웅크리고 앉아 돌멩이 두 개를 치웠다. 그러자 조개탄 아래 새까만 재가 묻은 베이지색 가죽 주머니가 눈에 들어왔다. 불룩 튀어나온 게 묵직했다. 그는 흥분으로 손을 덜덜 떨며 주머니를 열었다. 마치 그 안에 딱 보기에도 진품인 반짝이는 루비들과 반지들이, 목걸이들과 고풍스러운 프레임들이, 요컨대 오색찬란한 보석이 들어 있음을 보기도 전에 이미 알고 있는 것처럼. 확신에 찬 그가 곧장 주머니를 내려놓고 돌 몇 개를 그 위에 얹어 숨긴 다음, 몸을 돌려 뒤쪽과 오른쪽과 왼쪽을 흘깃대며 꼭 죄지은 사람처럼 둘러보았다. 그러나 뒤에는 개만이 그를 바라보고 있었다. 가까이 다가와 흥분으로 낑낑거리며, 그가 발견한 것 앞에서 꼬리를 흔들어대면서 말이다.

"저리 가!" 게레가 낮은 목소리로 말했다. "저리 가라고!"

순간 그는 개가 이미 자신의 것이 된 물건을 빼앗으려는 것 같다고 느꼈다. 불안, 기쁨, 억눌려 있던 모샹을 향한 분노와 두려움, 이 모든 감정에 휩싸인 게레가 위협하듯 손을 올렸고, 개는 귀를 낮추며 뒤로 물러났다. 자갈을 다시 파헤친 그가 물건을 자기 주머니에 넣었다. 몸을 일으키자 심장이 미친 듯이 뛰었다. 그가 이마를 문질렀다. 땀으로 흠뻑 젖은 채, 몸을 덜덜 떨었다. 그리고 저 아래 찌그러져 있는 작은 마을을, 자신이 발견한 것도 자신의 존재도 알지 못한 채 잠잠하기만 한 마을을 바라보며 승리의 감정과 주체할 수 없는 기쁨을 느끼고는, 할 수 있는 가장 어울리지 않는 동작으로 태양을 향해 두 팔을 뻗었다. 그는 이제 부자였다! 그는, 게레는 부자가 된 것이다! 뒤늦게 후회가 밀려온 게레가 개를 불러 머리를 쓰다듬어줄 요량으로 양손을 내밀었다. 그건 그가 처음 하는 행동이었지만 이미 겁에 질린 개는 원망이 가득한 눈으로 다리 사이에 꼬리를 집어넣은 채 뒷걸음질 치다가 자신의 집으로 도망쳐버렸다. 순간 게레에겐 그것이 불길한 징조처럼 느껴졌지만 성큼 발을 떼기 시작했을 때, 그의 걸음걸이는 이미 달라져 있었다. 게레는 고개를 꼿꼿이 쳐들고 주머니에 양손을 찔러 넣었다. 낡은 넥타이가 바람에 흩날렸다.

게레의 하숙집은 '등나무집'이라고 불렸는데, 문 주변에 얽혀 있는 등나무 때문인 모양이었다. 그는 처음으로 그 문이 집의 다른 부분들처럼 숯검정에 잠식당하지 않고 햇빛을 받아 찬란한 초록빛으로 반짝이고 있는 것을 발견했다. 그럼에도 하숙집 주인인 비롱 부인이 숯검정을 닦는 장면만큼은 조금도 상상이 되지 않았고, 그건 그가 할 수 있는 상상 중 가장 가능성이 없는 것이기까지 했다. 문을 민 그가 신발을 털었다. 레인코트를 우중충한 복도에 있는 나무 재질의 양복걸이에 거는 대신, 옷깃을 더 단단히 여몄다. 부엌문은 평소처럼 열려 있었다. 그는 잠시 문지방 위에 멈춰 서 있다가 평소와 같은 목소리로 "다녀왔습니다" 하고 입을 열었다. 부엌은 넓고 깨끗했다. 따스하다고까지 느껴질 만한 공간이었다. 그곳을 통치하는 여자가 냉담하게 등을 돌리고 있지만 않았더라면 말이다. 마르고, 단호하며, 검은 머리칼에 윤기가 흐르는 여자의 그 등. 그녀가 문 쪽을 향해 몸을 돌리자 50, 60년간 볼꼴 못 볼꼴 다 본 것만 같은, 그 때문에 자주 진저리를 치곤 했을 완전히 무표정하고 생기 없는 얼굴이 나타났다. 속을 알 수 없는 얼굴이었지만, 어울리지 않게 눈빛만은 총명하고 탐욕스러웠는데, 그건 철저하게 유지하는 그녀의 유치한 꾸밈새와 투박한 신발, 검은색 앞치마와도 걸맞지 않은 것이었다. 그리고 등나무의 초록을 알아본 것처럼 게레는 처음으로, 노골적일 정도로 무성에 가까운 여자의 얼굴에서 화장의 흔적을 발견했다.

그녀는 피로한 눈빛으로 무시하듯 게레를 힐끗 보고는 퉁명스레 인사했다. 그는 발끝으로 계단을 올라 자신의 방으로 들어갔다. 서랍장 하나와 침대, 색칠한 나무 의자 하나가 전부인 좁고 긴 방이었다. 사치품이라고는 침대보와 세트인 손뜨개 식탁보, 난로 위 유리 진열장 안에 모신 성모상이 전부였다. 창밖에는 여전히 광재 더미가 있었다. 창문을 연 게레는 창틀에 팔을 괴고 눈앞의 광재 더미를 일종의 공범자를 보듯 바라보았다. 햇빛을 받은 광재 더미 전체가 그의 눈에 금덩어리 같았다. 그러나 시선을 조금만 내리면 아래쪽에 보이는 것이라고는 채소와 감자, 세 종류의 제라늄을 심은 철조망에 둘러싸인 비롱 부인의 정원이 전부였다. 게레는 창문을 닫고 방 자물쇠를 걸어 잠갔다. 레인코트를 벗은 뒤 침대 위에 가죽 주머니를 펼쳤다. 손뜨개 침대보 위에 그와는 걸맞지 않게 사치스러운 보석들이 빛을 내고 있었다. 게레는 침대 발치에 앉아 마치 범접할 수 없는 여자를 바라보듯 그것들을 보다가 이내 몸을 기울여 차가운 보석들에 뺨을 갖다 댔다. 이제는 맑게 개어 장밋빛으로 빛나는 햇빛이 창문으로 들어와 보석들에 광채를 더하고 있었다.

다음 날 전차가 덜컹거리며 게레를 시내로 데려갔다. 토요일 전용 외출복, 그러니까 거대한 몸에 꽉 끼는 줄무늬 벨벳 양복 한 벌을 차려입은 그가 가게에 들어서자 보석상이 심드렁한 얼굴로 쳐다봤다. 그러나 게레가 보석을, 그것도 그가 가진 것 중 가장 작은 것을 툭 꺼내놓자, 표정이 확 바뀌었다.

"모친이 남긴 하나뿐인 보석입니다." 게레가 매우 빠르게, 돈이 궁한 사람처럼 난처한 목소리로 말했다.

"천만은 받을 수 있겠는데요? 최소 천만이요. 정말 아름답군요. 순도도 대단히 높은데……."

그가 질문하는 것 같았기에 게레의 입에서 저절로 해명이 튀어나왔다.

"100년 전부터 갖고 있던 거였다는데요. 그러니까 제 조모께서……."

게레는 문을 닫고 나갈 때까지 횡설수설했다.

그는 광장을 지나 카메라 상점 앞에 발을 멈췄다. 그 다음엔 조금 떨어진 여행용 가방 가게 앞에, 그다음엔 그보다 조금 더 떨어진 곳에 위치한 형형색색의 포스터가 붙은 여행사 앞에 멈춰 섰다. 그의 얼굴은 열렬한 관심으로 가득 차 있었는데, 선망이라기보단 뜻밖의 선물을 받은 듯한 기색이었다.

돌아오자마자 손을 집어넣어본 고무장화 속에는 휴지에 둘둘 말린 보석이 잠들어 있었다. 게레는 보석을 그대로 둔 채 침대에 길게 드러누웠다. 옷 주머니에서 빛나는 보석을 꺼내 한참 동안 손바닥 위에 이리저리 굴려대다가 여행사에서 가져온 홍보 책자를 펼쳐 해변과 야자수, 햇볕이 내리쬐는 호텔 사진을 유심히 들여다보았다.

게레는 1층 부엌 옆에 딸린 작은 식당에서 저녁을 먹었다. 그는 SNCF‡에서 근무하는 뒤티외와 늘 한 식탁에서 식사를 했는데, 뒤티외는 홀아비에 말수가 적었다. 비롱 부인이 그의 앞에 수프를 내려놓았을 때, 게레가 뒤티외의 빈자리에 대해 물었다. 그녀는 뒤티외가 매달 첫 번째 토요일마다 딸을 보러 베튄에 간다는 사실을 상기시켜주었다. 마음이 놓인 게레가 신문을 펴들고 수프를 먹기 시작했다. 비롱 부인은 평소와 마찬가지로 말없이 음식을 날랐다. 30분 뒤, 그녀가 그의 앞에 디저트를 내려놓았을

‡ 프랑스국유철도회사.

땐 그 역시 고개조차 들지 않았다. 신문을 도로 접는 게레의 눈에 가장 먼저 들어온 건 사과 콩포트‡였다. 그런데 그 옆에 샴페인 한 병이 놓여 있었다.

"비롱 부인." 열이 오른 게레가 반쯤 몸을 일으키며 걸걸한 목소리로 그녀를 불렀다.

비롱 부인은 언제나처럼 조용히 문 쪽에서 나타났다. 그녀의 눈에서 아무 낌새도 보이지 않았기에, 순간 게레는 그녀가 무섭게 느껴졌다.

"이건 뭔가요? 웬 샴페인이죠?" 그가 돌연 정색하며 물었다.

그는 화를 낼 참이었다. 그녀가 자신의 방을 뒤진 것에 항의하고 격분할 셈이었다. 그런데 그녀가 매력적인 미소를, 기실 그의 앞에선 한 번도 웃은 적이 없었으므로 그는 알지 못하는 미소를 지어 보였다.

"게레 씨, 제가 오늘 좋은 소식을 들었거든요. 그래서 술 한잔 대접하려고요."

그가 다시 자리에 앉았다. 그의 손이 떨리고 있었으므로, 샴페인 병을 여는 건 그녀의 몫이었다. 미소를 띠고

---

‡ 곱게 간 과일에 설탕을 넣어 졸인 디저트.

바라보는 그녀가 그에게는 '고압적으로' 느껴졌다. 그는 협소한 식당에서 단둘이, 별다른 말 없이 어찌해야 할지 모른 채로 샴페인 병을 비웠다.

더듬더듬 인사를 하고 방으로 돌아온 게레는 고무장화에서 보석들을 꺼낸 뒤 미친 듯이 사방을 둘러보았다. 은신처라고 할 만한 곳들이 모두 허술해 보이기만 했다. 결국 가죽 주머니를 베개 밑에 밀어 넣고 개처럼 몸을 웅크린 채 잠이 들고 나서야 그 모든 것을 멈출 수 있었다.

일요일은 여느 때처럼 지나갔다. 그는 스포츠 중계방송을 보다가 니콜과 영화를 보러 갔다. 그 뒤엔 그녀의 집에서 저녁을 먹었다. 니콜은 그가 왜 다른 일요일처럼 자신과 몸을 섞지 않고 돌아갔는지 이해할 수 없었지만, 의외라고 생각했을 뿐 모욕감을 느끼진 않았다. 게레는 그 방면에서도 무척 성실하기 때문이었다.

월요일에는 날이 쾌청했다. 기분이 좋은 게레는 오랫동안 잘못 평가해왔던 광재 더미를 향해 드문드문 명랑한 시선을 던졌다. 퇴근 1분 전, 갑자기 걷잡을 수 없이 보석이 보고 싶어진 그가 몸을 일으켰을 때, 모샹의 우레와 같은 목소리가 날아들었다.

"이런, 게레. 주말은 잘 보냈나? 너무 무리한 건 아니고? 컨디션 말일세, 응?"

게레는 무시했다. 그러나 그를 지나쳐 뒤에 걸린 양복 상의를 집으려 하자, 모샹이 뒷걸음질 치며 그를 가볍게 밀쳤다.

"조심해야지!" 소리를 지르던 모샹이 갑자기 동작을

뚝 멈췄다.

그를 향해 몸을 돌린 게레가 사나운 표정으로, 분노로 어금니를 악문 채, 말을 내뱉었기 때문이다.

"날 내버려둬요! 지금 날 좀 내버려두라고!"

너무도 단호한 그의 목소리에 모샹이 겁을 먹고는 뒤로 물러나 문을 열어주었다.

그러고는 어안이 벙벙해진 채로 창문을 통해 게레가 광재 더미로 난 길을 성큼성큼 걸어가는 것을 쳐다봤다. 모샹의 얼굴이 분노와 수치심으로 일그러졌다. 반면 그 모든 것을 지켜본 젊은 회계 보조원은 장부에 시선을 고정한 채 히죽거리고 있었다. 모샹은 거칠게 문을 닫고 나가버렸다.

게레는 광재 더미 옆에서 개와 놀았다. 개가 물고 돌아온 나뭇조각을 그가 던져주는 식이었는데 게레 역시 깡충깡충 뛰어대고 있어 돌연 제 나이의 청년으로 보였다. 그는 웃어대면서 개를 '플루토'나 '밀루'라고 불렀고 심지어 광재 더미 옆에 앉아 개와 비스킷을 나눠 먹기도 했다.

휘파람을 불며 집으로 돌아온 게레가 부엌문 앞에서 밝은 목소리로 인사했지만, 부엌이 비어 있었던 탓에 어쩐지 분한 기분이 들었다. 방으로 들어온 그는 동작을 멈췄다. 칙칙한 벽을 뒤덮은 형형색색의 여행사 포스터 속 비키니를 입은 여자들이 손뜨개 식탁보를 내려다보고 있었다. 포스터 하나로 방이 완전히 달라 보였다. 잠시 후 그는 물건이 거기에 있으리라 확신하며 난로를 열었다. 깊숙한 곳에 든 것을 끄집어냈다. 보석이 거기에 있었다. 그는 짐짓 실망한 척 그것들을 다시 넣어두었다. 침대에 앉았다가 갑자기 벌떡 일어나더니 아래층으로 뛰어 내려갔다. 부엌은 계속 비어 있었다.

헐떡이며 달려나간 게레가 레 트루아 나비르 카페 안으로 들어갔다. 니콜이 뮈리엘과 함께 있었는데, 테이블 위에 놓인 신문의 헤드라인이 그의 눈에 들어왔다. '카르뱅 살인 사건, 살해당한 브로커.' 그러나 그는 그것을 보고도 아무런 생각이 들지 않았다. 그에게는 '브로커'라는 단어가 스포츠 브로커를 말하는 건가 싶었기 때문이다. 그는 순전히 '카르뱅'이라는 지명 때문에 기사를 대충 훑었다. '피살자는 그뤼데라는 이름으로, 벨기에에 거주 중이었는데…… 상당히 수상쩍은 일을 하였으며…… 국경에서 발견된…….' 그때 '보석'이라는 단어가 게레의 눈에 띄었다. '전날, 피살자가 기다려달라며 보석 한 무더기를 채권자에게 보여주었으며…… 채권자에 따르면 약 800만 신 프랑에 달하는 상당한 가치의 보석으로…….' 그가 뮈리엘과 깔깔대고 있는 니콜을 향해 몸을 돌리며 물었다.

"너네 이거 봤어?"

그가 신문을 보여주자, 둘이 끔찍한 것을 본 숙녀들처럼 요란을 떨어댔다. 게레는 그 자리에 서서 여자들이 재잘대는 것을 듣고만 있었다.

뮈리엘이 말했다. "열일곱 번이나 찌르다니, 너무 끔찍해……. 이 불쌍한 남자, 누가 물에 던질 때까지 목숨이 붙어 있었대."

"누구라니?" 게레가 반사적으로 물었다.

"살인자 말이야. 누군지는 모른대. 아무튼 그 사람이 보석들을 가져간 게 분명해."

"바보가 아닌 다음에야, 안 그래? 800만이라잖아."

뮈리엘은 니콜보다 냉소적이고 자극적이었다. 뮈리엘이 분개하는 니콜을 놀려댔다.

"그럼 누가 너한테 보석을 선물하는데 안 좋겠어? 네 애인이 줬다고 생각해봐."

그녀가 게레를 턱으로 가리켜 보이자, 니콜은 거북하

다는 듯 얼굴을 붉혔다. “난 바라는 거 하나도 없어.”

니콜의 고상한 태도에 게레는 갑자기 화가 치밀었다.

“천만에. 넌 내가 평생 상송에서 썩길 바라잖아. 네가 자녀수당이나 받으면서 애랑 집에 있는 동안 나는 모샹의 등쌀에 시달리고 말이야. 그게 네가 바라는 거잖아!”

그의 목소리가 떨렸다. 게레는 불의의 희생자라도 된 양 목이 조여드는 기분이었다. 그가 벌떡 일어나 거대한 광재 더미 쪽으로 사라지는 것을, 크게 놀란 두 여자는 바라보기만 했다.

그가 하숙집에 도착했을 땐 다시 기분이 좋아져 있었는데, 문지방에 선 비롱 부인을 보고는 화들짝 놀랐다. 그녀가 자신 쪽을 바라보고 있는 것 같았다. 게레는 걸어가며 두 번이나 뒤를 돌아보았지만 그의 뒤엔 아무도 없었다. 그녀와 문 앞에서 마주친 건 처음 있는 일이었다.

“좋은 밤이지요?”

그녀 앞에 멈춰 선 게레가 질문하듯 인사를 건네자, 비롱 부인이 기괴한 미소를 띤 얼굴로 말없이 그를 바라보았다.

“그렇네요, 게레 씨.”

길을 막고 있던 그녀가 비켜서며 꼬박 1분이나 걸려

공손하게 인사했는데, 게레는 부엌 탁자 위에 펼쳐져 있는 신문을 보고도 그 이유를 알 수가 없었다.

홀아비인 뒤티외가 딸네 집에서 주말을 보내고 돌아와 있었다. 식당의 식탁 위에 자랑삼아 늘어놓은 손주 사진들이 보였다. 그가 기분 좋게 불콰해진 얼굴로 게레를 돌아보았다.

"이것 좀 보시오, 게레 씨. 내 손주요. 태어난 지 여드레가 되었다오. 잘생기지 않았소?"

"아, 네. 그렇군요." 게레가 난처한 듯 입을 열었다. "여기는 따님인가 봅니다."

"그렇소, 애 엄마라오. 이 늙은이의 딸치고는 나쁘지 않지?"

노인은 이미 술을 한껏 마신 뒤였다. 그가 코를 들이마시다가 해맑게 웃어 보이길 반복했다. 비롱 부인이 게레에게 눈짓으로 비르‡병을 가리켰다. 게레는 은밀히 통하기라도 하는 양 웃어 보이는 그녀에게 자신도 모르게 미소로 답했다는 것을 깨달았다.

"게레 씨도 좀 드세요. 오늘 밤은 뒤티외 씨가 내는

‡ 퀴닌이 들어간 쌉쌀한 레드 와인.

거랍니다."

"아무렴, 이 할애비가 술값을 내야지." 그가 더듬더듬 입을 열었다. "게레 씨도 귀여운 자식들이 생기면 알게 될 거요. 아이들에게 푹 빠져 지낼 게 훤하거든. 그렇지 않소, 비롱 부인? 게레 씨가 아빠 노릇을 잘할 것 같지 않소?"

그녀가 등을 돌린 채 대꾸를 하지 않자, 뒤티외가 답을 재촉했다.

"게레 씨가 좋은 아빠가 될 것 같지 않단 말이오?"

"네." 여전히 등을 보인 채 그녀가 대답했다. "게레 씨가 아빠 감은 아니죠. 그렇다고 범죄를 저지를 만한 인사로 보인다는 건 아니고요. 그저 선량한 남자 같네요!"

"잘 봤소, 젊은이란 모름지기……."

말을 끝낸 노인이 수프 위로 고개를 숙였다.

돌처럼 굳은 게레는 순간적으로 무슨 상황인지 이해했다. 이 여자는 그를 살인 용의자로 믿고 있었다. 당연히, 그가 보석을 갖고 있으니 그렇게 믿을 수밖에! 그렇다면 그녀는 왜 경찰을 부르지 않는 건가? 어째서 문지방에 서서 어머니 같은 표정을 짓고 있었던 거지? 게레는 자신의 수프를 들고 오는 그녀를 뚫어지게 쳐다봤다. 수프를 그의 앞에 내려놓은 뒤, 그녀 역시 그를 마주 보았다. 얼굴이 붉어진 채 어쩔 줄 몰라 하며 게레는 손가락으로 자신을, 그다음엔 신문을 가리키고는 검지를 양쪽으로 흔들어 보이며 부인의 의미가 담긴 손동작을 은밀히 해 보였다. 그러나 그녀는 반응이 없었다. 그의 몸짓을 이해하는 것 같지도, 그렇다고 놀란 것 같지도 않았다. 자신은 아는 게 아무것도 없다고 믿어주길 바라는 걸까? 아니면 그가 잠든 뒤 경찰을 부르려고 기다리는 것일까? 이 노망난 늙은이가 잠들자마자 얘기해야겠는데……. 그러나 만취한 노인은 그들을 놓아주지 않았다.

“카르뱅에 대한 기사 봤소?” 그가 신문을 흔들어 보였다. “이게 당최 무슨 일인지! 돌멩이 몇 개 때문에 사람을 죽이다니……”

“아주 예쁜 돌멩이잖아요. 너무 예쁜 게 문제라면 문제랄까요……” 비롱 부인이 말했다.

“너무 예쁜 게 왜?”

뒤티외의 물음에 비롱 부인이 대답했다.

“쉽게 알아볼 수 있을 만한 보석이라고요. 보석들을 되팔려다간 경찰에 붙잡히고 말 거예요. 영감님이라면 범인이 우선 누구한테 팔아넘겨야 한다고 생각하세요? 뒷골목에 연줄이 있어야 해요. 한몫 잡게 해줄 테니까요.”

그녀 역시 보석에 신경 쓰고 있다는 것에 게레는 밑줄을 그었다. 그녀는 그가 보석을 들고 시내를 돌아다니고 있다고 생각하는 것이 틀림없었고, 이를 경고하고 있었다. 그러므로 그녀는 그를 경찰에 넘기진 않을 거였다. 그는 안도감과 동시에 희미한 실망감을 느꼈다. 비롱 부인에게 미스터리 따위는 없었다. 결국 그녀가 원하는 것은 자기 몫을 떼어주는 것, 그게 전부였던 것이다. 그는 할 수 있으면 해보라고 말하고 싶었다.

게레가 입을 열었다. "그러면 다른 사람들과 이득을 나눠야 하잖아요. 원치 않아도."

"선택의 여지가 없어요. 경찰이 뒤를 쫓는 데다 살인까지 저질렀잖아요." 그녀가 단호하게 말을 받았다.

그때 기사를 유심히 들여다보던 노인이 한탄했다. "저런! 이놈, 이렇게 잔인무도할 수가! 열일곱 번이나 찌르다니, 정상이 아니오."

"힘센 사내가 화가 났는데, 뭘 못 하겠어요."

아득하게 들려오는 비롱 부인의 목소리를 들으며, 게레는 그녀의 감탄조에 귀를 의심했다. 그녀는 게레를 힘센 사내로 여겼던 것이다. 하기야, 사실이기는 했다. 그는 팔을 뻗고 주먹을 쥐어 얇은 셔츠 원단 아래로 자신의 근육을 부풀려보았다. 순간, 생소한 기쁨이 차올랐다. 고개를 들자 그녀와 눈이 마주쳤다. 그의 얼굴이 붉게 달아올랐다. 그녀는 그를 보고 있었다. 그의 부풀어 오른 팔을, 꽉 쥔 주먹을, 일종의 관능적인 경의를 담아 바라보고 있었다. 그는 천천히 손과 팔에 힘을 풀었다. 순식간에 기운이 쭉 빠져 녹초가 된 것 같았다. 그는 더 이상 말하고 싶지도 그녀를 설득하고 싶지도 않아졌지만, 그와 동시에 평소 그녀가 자신을 무시하듯 보던 것보다 지금의 불쾌한 감탄의 눈빛이 더 마음에 든다는 사실을 깨달았다.

"자러 가야겠소."

노인이 비틀비틀 몸을 일으키자, 그녀가 거침없이 말을 내뱉었다.

"부축 좀 해요. 넘어지시겠어요."

그녀의 어조가 '이전'으로 돌아와 있었기에 모샹의 목소리에 반응하듯 그녀의 명령에 즉각적으로 몸을 일으킨 게레는, 그러나 더는 그런 어조를 견딜 수 없었다. 그는 고집스럽게, 결연히 다시 자리에 앉았다.

"그대로 계시오, 게레 씨. 내 침대 정도는 찾아갈 수 있으니까."

노인은 센 척했지만 의자 위에서 비틀대다 팔을 부딪

혔다. 벌떡 일어난 게레가 자신의 옹졸함을 탓하며 재빨리 노인을 붙잡았다.

"저한테 기대세요. 침대까지 모셔다드릴게요."

게레가 계단으로 뒤티외를 끌어올려 침대 위에 앉혔다. 그가 아래층에서 전화기 딸깍이는 소리를 들은 건 뒤티외의 헛소리에 피식거리며 힘겹게 단화를 벗겨내려던 때였다. 그는 일순 동작을 멈췄다. 침대 아래로 흘러내리려는 초라한 노인의 발을 밀어 올리고는 계단을 향해 돌진했다. 난간에 기댄 그의 눈에 리놀륨 바닥에 길게 늘어진 여주인의 그림자가 들어왔다. 그녀는 전화기 앞에 서서 이곳과 어울리지 않는 태평한 재즈곡을 흥얼거리고 있었다. 몸을 깊게 숙인 게레가 발소리를 죽이며 계단을 내려갔다. 그녀는 그에게 등을 돌린 상태였지만 말소리를 들을 순 있었다.

"기다리지요……. 그래요, 기다릴게요." 조용한 목소리였다.

"네, 비롱이요. 플랜 가 25번지요. 네, 급해요." 그녀가 경찰을 부르려는 것 같았다. 어쩌면 그는 아무 죄 없이 선고를 받고 처형당할지도 몰랐다. 게레가 그녀 쪽으로 한 발 더 다가가 애원하는 몸짓으로 어깨를 짚자, 그녀가 몸을 돌려 그를 바라보았다. 너무 가깝게 서 있어서 놀란 듯했지만 거북한 기색은 없었다.

그녀의 말투가 고압적으로 변했다. "아뇨, B-I-R-O-N이요. 아, 안녕하세요. 제가 꽃씨 주문한 걸 잊어버리기라도 하신 건가요? 도대체 언제 한련화를 심을 수 있는 거죠? 목요일이요, 확실하죠? 믿어도 되겠죠? 알겠어요."

그녀가 조용히 수화기를 내려놓았다. 그러곤 게레에게서, 벽에 달라붙어 숨을 몰아쉬는 그에게서 눈을 떼지 않았다. 재미있어 어쩔 줄 모르겠다는 듯이 그를 바라보고 있었다.

"제 생각에…… 저는……"

"베튄에 있는 종묘사예요. 열흘 전에 보내줬어야 했거든요."

"저는 당신이 그걸…… 부르는 줄 알았어요. (그는 차마 '경찰'이라는 단어를 내뱉을 수 없었다. 그러다 갑자기 말이 빨라졌다.) 저기, 전 아니에요. 그러니까 저는 그 남자가…… 그런……"

그가 자기도 모르게 오른손을 옆구리 높이로 들더니 칼로 찌르는 시늉을 해보이자, 그녀가 시선을 낮추고 유심히 그의 손을 쳐다봤다. 그리고 게레가 시선을 따라간 순간, 자신의 손에 뒤티외의 구둣주걱이 들려 있음을 깨닫고는 경악했다. 그는 그게 불타고 있기라도 한 양 바닥으로 떨어뜨렸다.

그녀가 안심시키듯 빠르게 말했다. "저랑은 상관없는 일이랍니다. 신문에서 떠들어대는 것에도 관심 없고요."

그가 얼빠진 얼굴로 그녀를 바라보았다. 그러다 다시금 공손하고 정중해진 그녀의 말투에 소름 끼치도록 기분이 좋아졌다.

"그럼, 부인이 원하시는 건 뭡니까?"

그녀가 어깨를 으쓱해 보였다. "저요? 저는 '바라는' 건 아무것도 없어요. 대신 '바라지 않는' 게 있다면, 이런 초가집에서 생을 마감하는 거예요. (그러면서 좁은 복도와 어두운 부엌, 빛이 들지 않는 오줌색 계단을 가리켰다.) 저는 좋은 곳에서 죽고 싶거든요. 제 맘에 드는 장소에서요. 우선 그곳에서 조금 살다가…… 아시겠죠?"

그녀의 눈이 고양이의 것처럼 빛났다. 그 눈빛이 탐욕스럽고 위협적으로 느껴진 게레가 한 걸음 뒤로 물러섰다. 그녀가 무서웠다. 이 여자를 무서워하다니 기가 막힐 노릇이었다.

그녀가 재차 말했다. "아시겠어요, 게레 씨? 당신도

그렇지 않나요?"

"그럼요, 물론이죠! 저는…… 저는 햇빛을 받으며 살고 싶습니다. 주변이 온통 바다로 둘러싸인 강렬한 태양빛 아래서……"

말하는 동안 그의 눈앞에 야자수와 포말이 이는 해변이, 그리고 해변을 홀로 걷는 자신의 모습이 펼쳐졌다. 늘 혼자인 자신이.

여자가 웅얼댔다. "전 햇빛은 아무래도 상관없어요. 햇빛은 살 수도 없고 다른 사람들도 쐴 수 있는 거잖아요? 저는 뭔가 제 맘에 드는 걸, 내 것을, 나만의 것을 원해요. 오직 나만의 것이요. 그런 다음에야 비가 오든 날이 좋든 그게 무슨 상관이겠어요?"

"그런데 부인 마음에 드는 장소가 여기, 이 카르뱅에 있다면 여기에서 지낼 건가요? 이런 것들에 둘러싸여서?" 게레가 격분했다.

그는 이미 해가 진 뒤라 보이지 않는 바깥을, 마치 자신에 대한 모욕인 양 증오해 마지않는, 그러나 이제 벗어날 수 있을 을씨년스러운 풍경을 가리켰다.

"부자가 되면 창문도 문도 다 막아버릴 거예요." 그녀가 단호하게 말했다. "원한다면야 발가락만 쳐다보고도 살 수 있어요. 촌놈들한테 돈 주고 마사지도 시킬 수 있고요, 기분 전환용으로요. (그녀는 어조를 바꾸더니 한층 젊어진 얼굴을 들어 보였다.) 그러고 남는 시간엔 꽃을 가꾸죠. 이리 와봐요."

게레를 어둠 속으로 데려간 그녀가 그에게 문을 열게 했다. 그는 작은 정원의 아치 아래에서 머뭇댔다. 저기에 거무튀튀한 광재 더미가, 너무도 맑은, 터무니없이 맑은 밤하늘 아래 머물러 있었다.

그녀가 몸을 숙이며 말했다. "이 라이터를 켜요. 여기 봐요. 작약 보여요? 제가 6년 전에 심은 거랍니다. 처음엔 거의 회색빛이었어요. 붉은색이 되는 데 6년이 걸렸고요. 아름답지 않나요, 이제?"

당연히 꽃색은 전혀 보이지 않았다.

"이 아이들에겐 무엇보다 온실이 필요해요. 스프링클러랑 난방장치가 되어 있는 커다란 온실이요. 난초과만큼 온실을 필요로 하는……"

그녀가 갑자기 말을 멈추더니 그의 옆에 가만히 섰다. 벌판과 광재 더미를 향해 고개를 돌리고 있는 그녀의 옆모습이 처음으로, 꿈꾸는 듯한 표정을 짓고 있었다. 겉옷을 벗고 있었던 게레가 가볍게 불어오는 밤바람에 오한

이 나 몸을 부르르 떨었다. 그러자 마치 꿈에서 깨어난 듯 그녀가 몸을 돌려 그를 바라보았다. 허스키한 목소리로, 그러나 밝고 요란스럽게 그에게 말을 던졌다.

"저런, 감기 걸린 거 아냐?"

게레가 그녀의 친숙한 태도와 반말에 반응하기도 전에 그녀가 자신의 숄을 벗더니 그의 어깨 위에 덮어주었다. 대단한 호의라도 베푸는 듯한 미소에 게레는 반항심이 일었다. '나를 범죄자라고 생각하지 않는 건가? 이렇게 쉽게 감기에 걸리는 범죄자도 있나?' 그는 숄을 땅바닥에 내동댕이쳤다.

"이런 거 필요 없어요. 그리고 제가 그 온실을 원하지 않는다면요? 그따위 걸 짓는 데 얼마나 거액이 들어가는지 압니까? 왜요, 아주 다 가져가지그래요?"

"제가 못할 것 같나요?"

그녀가 짧게 웃어 보이고는 땅에 떨어진 숄을 천천히 주워 손으로 쓸어내렸다. 숄에 진흙이 묻어 있었기에 게레는 성질부린 어린아이처럼 사과하고 용서를 빌고 싶어졌다. 그러나 이미 늦었다.

"뭐, 당신이 전쟁을 원한다면." 그녀가 그에게서 등을 돌리며 말을 이었다. "어디 두고 보죠."

실내로 들어가기 전, 다시 몸을 돌린 그녀가 단호한 목소리로 말했다. "괜한 짓 하지 말아요, 게레 씨. 내게 무슨 일이 생기면 내 친구들이 그 이유를 알게 될 테니까."

게레가 다시 기운을 차리고 마초처럼 거만하게 웃어 보이기까지는 시간이 좀 걸렸다. 그러면서도 그는 여전히 새로운 기쁨에 빠져들어 있었다. 마침내 발견한 반항이라는 기쁨을 말이다.

그는 발에 무게를 실어 성큼성큼 계단을 올라 쾅 소리가 나게 방문을 닫았다. 방에 걸린 거울 앞에서, 그는 냉혹한 표정으로 잠시 동안 자신을 바라보다가 손을 윗옷 주머니에 넣었다. 손가락으로 총 모양을 만들어 거울로 향하게 하더니 욕설과 명령의 말을 읊조렸다. 그는 거울에 비친 자신에게 총을 겨냥했다. 금세 평소의 초췌하고 난감해하는 얼굴로 돌아와, 이 태연한 갱스터를 의심스럽게 바라보는 사내에게 말이다.

게레는 거울 가까이 다가갔다. 찡그린 표정을 펴고 얼굴을 자세히 살폈다. 심각한 표정을 지으며 왼손으로 머리카락을 덮어 이마에 납작하게 눌러보았다. 불현듯 처음으로, 그러니까 '태어나서' 처음으로 자신이 잘생겼다고 생각할 뻔했다.

그리고 다음 날 언제나와 같은 이른 햇빛 아래, 상송 공장의 문을 통과한 것은 다름 아닌 악명 높은 갱스터, 게레였다. 직원들은 무슨 낌새라도 느낀 것처럼 지나가며 그를 쳐다보거나 뒤돌아보았다. 첫 단추를 푼 와이셔츠에 넥타이를 느슨하게 맨 그의 거대한 육체가 조금의 우둔함도 어설픔도 없이 단호히 움직이고 있었다. 공장 여성들의 눈에 역시나 처음으로 게레가 잘생겨 보였다.

사무실로 들어간 게레가 동료 직원의 기운 없는 아침 인사에 손을 한 차례 들어 올리고는 자신의 책상에 자리를 잡았는데, 회계 보조 조나스에겐 그 모습이 마치 'TV 속 팝스타의 손동작' 같았다. 책상에서 자신의 등받이 의자를 잡아 뺀 게레가 마치 자리가 좁은 것에 새삼 놀랐다는 듯 눈썹을 들어 올리더니 단호하게 책상을 1미터 앞으로 전진시켰는데, 그 바람에 계장인 프로뫼르의 영역을 침범하고 말았다. 계산을 하느라 정신없었던 프로뫼르는 충격에 소스라치게 놀랐다. 믿기지 않는다는 듯 게레를 바라보더니 화내기 시작했다.

"이봐요, 게레 씨! 당신이 지금 어디에 있는 건지 알고 있소?"

구경거리가 생긴 두 말단 직원이 반갑게 고개를 들었다. 그러나 게레는 책상 다리를 자신의 정복지에 고정시킨 채 여전히 대답이 없었다. 게레가 창가로 다가가 창문을 활짝 열자, 사무실로 햇빛이 쏟아져 들어왔다. 바람에 서류가 흩날리기 시작했다. 프로뫼르가 서류를 붙잡으려 애쓰며 소리쳤다.

"미쳤군! 장담컨대 모샹 씨가 다 알게 될 거요."

모샹이라는 이름에도 더는 정신 나간 사람처럼 당황하지 않는 듯, 게레가 기는 자세로 서류를 줍는 동료들을 바라보며 웃었다. 자기 책상 모서리에 앉아 왼쪽 눈을 찡그리며 담배에 불을 붙이는 그의 모습이 젊은 말단 직원의 눈엔 여전히 '험프리 보가트'처럼 보였다. 소란은 곧 잠잠해졌지만 창문은 계속 열려 있었고, 한 시간이나 이어진 침묵을 가르는 건 도움의 손길을 기다리는 게 분명한 늙은 프로뫼르의 한숨과 분노에 찬 그르렁거림뿐이었다.

모샹이 예정된 시간에 팔꿈치로 문을 밀며 들어왔다. 열린 창문 앞에 멈춰 선 그의 얼굴이 여태껏 그랬던 것보다 조금 더 시뻘게졌다.

"도대체 이게 뭐요……?"

게레를 향해 분노의 눈빛을 쏘아 보낸 모샹이 냉정한 태도로, 그러나 기다렸다는 듯이 튀어나올 고자질을 기대하며 이 방의 책임자인 프로뫼르에게 노골적으로 물었다.

"저자가 그랬습니다!"

프로뫼르가 복수의 염원을 담은 손가락으로 벌벌 떨기는커녕 태평하게 웃고 있는 게레를 가리켰다.

"이게 다 뭐야!" 죄를 진 자에게 마땅히 그럴 권한이 있다는 듯이 모샹이 게레에게 소리를 질렀다. "이게 다 뭐냐고!"

모샹이 이를 드러낸 채 범인을 향해 몸을 돌렸다. 정작 범인은 자신의 등받이 의자에 편안히 앉아 모샹을 향해 두 다리를 쭉 뻗고 있었다. 그가 모샹만큼이나 큰 목소리로 대답했다.

"공기죠, 모샹 씨! 산소 말입니다! 법은 근로자를 질식시키는 것을 금지하고 있습니다. 법은 공해를 금지하고 있단 말입니다. 공해와 폭언을! 몰랐습니까?"

얼굴이 붉으락푸르락해진 모샹이 그를 향해 발을 떼는 순간, 그 소심했던 게레가 자리에서 일어났다. 모샹보다 머리 하나는 더 큰 그가 한 손으로 모샹의 팔을 붙잡아 단호히 문밖으로 끌어내는 것을(수치스럽게도!) 모든 사람이 지켜본 것이다.

같은 날 정오, 사람들은 레 트루아 나비르에서 소심한 게레가 3연승식 경마에서 돈을 땄다는 구실로 카페에 있는 모두에게 술을 돌리는 광경을 목격했다. 그가 큰 소리로 웃는 것도 말이다. 게다가 니콜은 그가 허세를 부리며 뮈리엘의 허리를 꼬집는 전에 없던 모습을 보기까지 했다. 그 뒤로 종일토록, 낡은 베이지색 양복 상의 아래로 넥타이를 느슨하게 푼 채 휘파람을 불며 큰 보폭으로 성큼성큼 걷는 '자유분방한' 분위기의 그를 목격할 수 있었다. 그리고 실제로도 그는 자신이 자유롭고, 젊고, 자신감이 넘친다고 생각했다. 그러나 이 기념비적인 하루 동안 그에게 가장 큰 기쁨을 준 건 젊은 말단 직원들의 찬탄이나, 그동안 당해온 모욕에 대한 복수, 몇몇 여자의 이전과는 다른 시선 따위가 아니라, 그가 모샹을 문 쪽으로 끌고 가려고 몸을 일으킨 그 순간, 미친 듯이 도망치고 싶어 하던 모샹의 눈빛과 공포에 질린 표정이라는 걸, 게레는 인정하지 않았다.

게레는 광재 더미 근처에서 개를 발견했다. 그를 보러 나온 개가 짖어대며 기쁘게 꼬리를 흔들었는데, 게레가 목줄을 잡고 쓰다듬을 때에도 이번엔 조금도 물러나지 않았다. 자신이 더는 개를 두려워하지 않는다는 걸 개가 깨달은 것 같다고, 그는 생각했다. 지난 며칠간 개가 그의 손을 피한 건 그에게서 두려움의 냄새를 맡았기 때문인지도 몰랐다. 게레는 재투성이의 땅을 기적적으로 뚫고 나온 자라다 만 나무 그림자 아래 앉아 개와 샌드위치를 나눠 먹었다. 그리고 나중에, 이 우스꽝스러운 장면은 게레의 마음에 가장 깊고도 가장 현실적인 행복의 모습으로 떠오르게 될 것이었다. 이 개, 햇볕이 내리쬐는 벌판 위로 비스듬히 드리워진 광재 더미 그림자, 빵과 머스터드 냄새, 난생처음으로 여행사 포스터나 니콜의 잡지에서 본 모델들처럼 선탠을 하고 싶게 만드는 눈부시고 다정한 햇빛 같은 것들이. 개는 예정된 곳에서 행복한 남자를 떠났다. 그리고 이 행복한 남자도 하숙집으로 돌아갔다.

반면 비롱 부인은 여전히 전쟁 중이었다. 자신의 성공에 도취되어 이 전쟁에 대해 까맣게 잊고 있었던 게레는 사실 카페와 벌판에서 너무나 마음 편하게 시간을 끌었는데, 그것은 이후에도 지난밤 그를 새롭게 태어나게 한 그 시선을 이 보잘것없는 하숙집에서 다시 마주할 수 있으리라는 걸 잘 알고 있기 때문이었다. 그 시선은 그의 토대이자 새로운 인격의 근원이었고, 그래서 그는 무의식적으로 이곳에서 그 시선의 존재를 확인하고 그로부터 에너지를 충전하려 했다. 그러나 비롱 부인의 눈에선 아무것도 읽을 수 없었다. 거기엔 위험천만한 갱스터도, 심지어 초라한 하숙생도 없었다. 그녀는 더 이상 그를 바라보지 않았다. 아예 눈길조차 주지 않고 있었다.

식탁 위에는 식은 수프와 햄, 감자 샐러드 그리고 지독한 숙취에 시달리는 게 분명해 보이는 뒤티외가 그의 쪽에서 덜어 먹은 쌀 푸딩 3분의 1이 남아 있었다. 침묵이 흘렀다. 지각한 게레가 소리 높여 외치는 인사말에도 앓는 소리만이 돌아올 뿐이었다. 게레는 식사 시간에 늦은 것에 대해 농담하며 비스트로에서 술을 돌린 것과 몇몇 우스꽝스러운 일들에 대해 이야기하기 시작했는데, 누구도 그의 말을 듣지 않는다는 걸 뒤늦게 깨달았다. 처음엔 단지 기분이 상했던 것이, 곧 분노로 변했다. 마치 높은 시험 점수나 표창장을 받아왔는데도 무관심하기만 한 부모를 앞에 둔 것처럼 말이다. 그럼에도 게레는 우쭐대며 말을 이어나갔다.

"제가 그 살찐 돼지 같은 모샹의 엉덩이를 걷어차 내쫓아버렸다는 거 아닙니까."

그러나 게레는 자신을 향한 여자의 시선에서 냉소를, 순식간에 꿈에서 깨어나게 하는 완전한 무시를 읽었다. 대단한 승리라고, 그는 방금 전까지 생각했었다. 160센티미터 남짓한 뚱뚱한 상전을 혼쭐낸 것을 가지고 말이다. 사실 진작 해치웠어야 할 일이었는데. 특히 이런 일을 무슨 공훈을 세운 것처럼 자찬해서는 안 됐다. 그래, 진짜 공훈이란, 밤에 벨기에 브로커를 칼로 열일곱 번이나 찌르고 산 채로 운하에 던져버렸다던 그 남자라면……. 그리고 최초로 게레가 덫에 걸린 기분을 느낀 것이 바로 그 지점이었다.

순간 게레는 그녀가 자신의 속임수를 의심할까 봐 두려웠다. 특히 영광의 하루를 보내고 난 지금, 그는 체포될지도 모른다는 가능성보다 그녀가 더 이상 그를 용의자로 믿지 않는 게 더 두렵다는 것을 깨달았다. 그는 자신을 무자비한 범죄자로 바라보던, 그래서 온종일 진정한 남자로 살게 했던 그녀의 사자같이 형형한 시선이 사라져버리는 것이 두려웠다. 만약 살인범이 잡힌다면? 진짜 범인이? 범죄를 저지른 게 그가 아니라는 걸 그녀가 깨닫게 된다면? 그리고 보석이 그의 손에 들어오게 된 것이 그녀가 말한 대로 '건장하고 잔혹한 남자'의 분노 따위가 아니라 우연일 뿐이라는 걸 그녀가 알게 된다면?

어렴풋이, 그는 모든 게 뒤바뀌리라는 것을 알았다. 그녀가 그토록 명백히 원했던 그 돈은 그녀에게 4분의 3쯤은 그 가치를 잃어버리게 될 것이다. 그 돈이 진한 피로 얼룩진 암살자의 것이 아니라면, 그녀의 눈에 그것은 '추잡한' 것에 지나지 않게 될 것이다. 그런 직감에 몸이 굳은 그는 포크를 손에 들고서 고개를 숙인 채로 한동안 가만히 있었다. 순식간에 식욕도 생각도 날아가버렸다. 늙은 뒤티외는 입을 다물고 있었다. 그녀는 조용히 음식을 날랐다. 이전엔 드물지만 종종 주고받곤 했던 간단한 대화도 없었다. 그리고 조금씩, 게레는 무너져 내렸다. 서서히, 셔츠의 단추를 채웠다. 넥타이를 다시 조였다. 포크를 떨어뜨렸을 땐 눈에 띄게 당황했다. 자신이 음식을 씹으며 소리를 내는 것만 같았다. 그리고 손과 팔이, 팔뚝 근육이 꼭 죽은 사람의 것처럼…… 형편없는 눈속임처럼 느껴졌다.

심지어 뒤티외가 음산한 인사와 함께 자리를 뜨려고 할 땐 카드 게임을 하자고 그를 붙잡아 그가 즐겨 하는 제2차 세계대전 때 포로로 붙잡힌 시절의 지루하기 짝이 없는 이야기를 들려달라고 하고 싶기까지 했다. 그러나 속이 메스꺼운 뒤티외는 노닥거릴 기분이 아니었다. 곧 게레는 긴장한 채 양손으로 힘겹게 접시를 쥐고서 수치심과 비참함 가운데 홀로 식탁에 남게 되었다. 그는 도움을 요청하고 싶었다. 그러나 누구에게 청한단 말인가? 이 냉정한 여자는 꼭 벽 같았다. 그는 이제는 기이한 꿈같은 몇몇 순간을, 이를테면 그녀가 웃으면서 난초과 식물에 대해, 햇빛과 촌놈이 만져주는 엄지발가락에 대해 이야기하던 순간을 떠올렸다. 매력과 젊음, 기가 막힌 미모의 잔영이 여전히 그녀에게 생생히 남아 있음을 발견한 그 순간을.

'저 여자 맘에 들었는데.' 그는 그런 생각을 한 스스로가 경악스러웠는데, 그것은 더는 그녀에게 유혹의 대상이 되지 못하는 것에 아쉬움을 느끼는 것에 비하면 덜 경악스러운 것이었고, 그럼에도 형태가 뚜렷하지 않은 그 실루엣이, 빗어 넘긴 머리와 검은색 앞치마와 인생의 쓴 맛으로 주름진 속을 알 수 없는 얼굴이 이제 그에게 운명의 이미지 그 자체로 느껴졌다. 현기증을 느끼며 그는 머저리 같은 행동을 하는 상상을 했다. 위층으로 올라가 가죽 주머니를 꺼내 들고 광택을 낸 부엌 탁자 위에 던진 뒤, 뒤엉켜 있는 보석 전부를 그녀에게 주면서 제발 가져달라고 애걸복걸하는 것을 말이다. 이상하게도, 미친 듯이, 그는 이 침울하고 가혹한 여주인의 발아래 무릎 꿇고 싶었다. 그는 그녀에게 피든 목숨이든 보석이든, 무엇이든 바치고 싶었다. 그녀의 시선을 다시 얻을 수만 있다면, 한 번만 더, 존경과 욕망이 뒤섞인 그 기묘한 표정을…….
그녀가 자신을 사랑한 건 당연히 아니라고, 그는 생각(하려고 노력)했다. 그녀는 그를 다시 본 것이다. 그를 존중하고, 수컷으로서 그리고 영웅으로서의 그를 마음에 들어 한 것이다. 실제로 오늘 그녀가 게레에게서 보길 거부한 이 미지의 영웅과 수컷이라는 이미지는 니콜이 보내는 시선에서는 결코 발견할 수 없는 것이었다. 니콜은 모호함도 매력도 없는 너무나 단순한 이미지로 그를 바라보기 때문이었다.

여자는 조용히, 절도 있는 동작으로 설거지를 하고 있었다. 갑자기 더는 견딜 수 없게 된 게레가 주먹으로 식탁을 강하게 내리치자, 접시가 튀어 올라 타일 바닥에 떨어져 산산조각 났다. 등을 돌린 채 서 있던 그녀가 놀라는 기색 없이 곧장 뒤를 돌아보았다.

"이런! 젠장!" 게레가 말했다. "한마디라도 해줄 순 없습니까? 제가 뭘 어쨌는데요? 솥을 떨어뜨린 건 죄송하게 됐습니다. 일부러 그런 건 아니었다고요……."

그녀는 아무 대답 없이 힘겹게 몸을 숙여 빗자루와 쓰레받기로 '자신의 수고를 좀더 과장하듯이' 깨진 접시 조각을 치우기 시작했다. 그녀는 보란 듯이 실제보다 더 늙고, 더 피로한 듯 굴었다. 더 이상 그의 마음에 들려 하지 않았다. 그를 튕겨내고 있었다. 그러나 젠장, 그게 도대체 그와 무슨 상관이란 말인가! 그는 대응하려 했다. 이 난폭하고 탐욕스러운 미친 할망구가 차갑게 구는 것이 도대체 그와 무슨 상관이라고? 그녀가 원한다면 그는 그녀에게 장물의 일부를, 그러니까 3분의 1이나 절반쯤을 줄 수 있었다. 그리고 남은 것을 챙겨 세네갈이나 다른 곳으로 도망치면 마음이 놓이겠지. 그래서? 이 여자는 뭘 더 원하는 거지? 그는 마치 자신이 이미 전투도 몸값도 포기했음을 그녀가 알았어야 한다는 듯이 앞뒤가 맞지 않은 생각을 반복하고 있었다.

"3프랑 50상팀이에요. 깨진 그릇 값이요, 게레 씨." 그녀가 입을 열었다. "장부에 달아놓지요."

"그딴 건 아무래도 상관없어요!" 게레가 자신의 말을 강조하듯 더 세게 식탁을 내리쳤다. 식탁이 부서지고 모든 게 튀어 바닥으로 떨어지고 깨져 돌이킬 수 없는 상태가 되어, 마침내 그녀의 무미건조한 눈에 불꽃이 튀길 바라면서.

그러나 모든 게 그대로였다. 손만 아팠다. 그는 손을 입술로 가져가면서도 그 행동이 얼마나 유치해 보이는지는 깨닫지 못했다.

"저 다쳤어요." 게레가 그녀에게 동정심 같은 걸 기대하기라도 한 듯 원망이 섞인 연약한 목소리로 말했다.

그러나 그녀는 제자리에 행주를 걸고 난로의 재를 치우고 앞치마를 벗어 접으면서도 마치 그가 거기에 없다는 듯이 그를 쳐다보지도 않았다. 그녀는 그를, 타일이 깔린 이 비통한 전장에서 완전히 패배해버린 승리자를 그곳에 내버려둔 채 잠을 자러 올라가버렸다. 게레는 그녀가 떠난 뒤에도 감히 움직일 생각을 하지 못했다. 족히 5분은 식탁 의자에 앉아 여전히 힘이 들어가지 않는 손을 식탁보 위에 올려둔 채 시계추의 똑딱거리는 소리를 들으며 무기력하고 절망적으로 그 자리에 있었다. 방으로 돌아온 그는 문을 잠그지도 않고 난로로 갔다. 가죽 주머니 쪽으로 손을 뻗기만 했을 뿐 만져보지조차 않았다. 그는 옷도 갈아입지 않은 채 침대에 누워 새벽까지 줄담배를 피워댔다. 동틀 녘 조금씩 들이치는 희미한 빛을 조롱하듯 맥 빠지게 만드는 전등 불빛 아래, 벽에 걸린 컬러 사진 속 지중해 해변과 매력적인 비키니 여자들이 끔찍하고 그로테스크해질 때까지.

다음 날엔 비가 왔다. 그다음 날에도 역시 비가 내렸다. 상송 공장에는 조용하고 말수 적은 회계 보조원 하나가 들어왔다. 개가 다시 그를 피하기 시작했다. 셋째 날, 게레가 나무 꼭대기에서 너무 시끄럽게 지저귀는 티티새를 쫓아내려 조약돌 하나를 주워들었는데, 자신을 위협하는 줄 안 개가 다리 사이로 꼬리를 감춘 채 죽어라고 짖어대며 자기 집 쪽으로 달아났던 것이다. 그리하여 다시 외톨이가 된 게레가 무슨 짓이든 저지를 기세로 집을 향해 달리기 시작했다. 미친 사람처럼 집 안으로 들어가 소리쳤다. "비롱 부인! 비롱 부인!" 공포에 질린 듯 절박한 목소리로 그녀를 부르며 텅 빈 부엌과 작은 사무실로 돌격하듯 뛰어든 그가 일주일에 한 번 하는 외출로 비어 있는 뒤티외의 방문을 노크도 없이 열어젖히더니, 다시 방으로 돌아와 난로 쪽으로는, 그러니까 자신의 보석 쪽으로는 눈길 한 번 주지 않고 다시 돌격하듯 그녀의 방 문지방을 넘었다.

여자는 욕실로 사용하는 작은 방에 목욕 가운을 입고 있었다. 헝클어진 머리에 맨어깨를 드러낸, 치장 중인 여성 특유의 미묘하게 무장해제된 모습이었다. 게레가 그녀에게 달려들어 난폭한 군인처럼, 혹은 어설픈 소년처럼 그녀를 양팔에 가두고 마치 처음이자 마지막 기회라는 듯이 그를 향해 모습을 드러낸 믿을 수 없을 만큼 욕구를 자극하는 여자의 관능적인 둥근 어깨와 목덜미에 얼굴을 묻는 순간, 거울 너머로 그녀가 그녀 자신에게 보내는 승리의 눈빛과 흥미가 담긴 미소를 그는 보지 못했다.

새벽에, 게레는 웃통을 벗은 채 그녀의 침대에 앉아 열린 겉창 너머 우중충한 날씨와 어슴푸레한 땅을, 계속되던 빗소리가 평온을 되찾은 듯 부드럽게 울려 퍼지는 아래를 내려다보고 있었다.

등 뒤엔, 그녀가 이불을 턱 끝까지 끌어올리고 베개

에 얼굴을 반쯤 파묻은 채 누워 있었는데, 간밤 신비롭게 등장했던 아름답고 독점욕 강한 손으로 마치 말의 옆구리를 쓰다듬듯이 그의 등을, 역시나 평온한 얼굴로 꿈꾸듯 어루만지고 있었다. 그녀가 잠자코 있는 그의 등을 세게 꼬집었지만 그는 몸을 돌리지 않은 채, 멋쩍은 듯 만족스러운 미소를 띠며 머리를 그녀 쪽으로 살짝 기울일 따름이었다. 침대 그림자에 가려 여자의 모습이 보이진 않았지만 게레는 대신 자기 수컷에 만족한 친밀하고도 따뜻한 그녀의 목소리를 들을 수 있었다.

"멋진 남자야." 그녀가 말했다. "자긴 진짜 끝내주는 남자야."

그녀가 닳고 닳은 말 매매업자처럼 그의 갈비뼈 부근을 두드렸고, 그가 흡족한 듯 미소 지었다. 게레는 곧 자연스럽게 담배에 불을 붙였다. 그녀가 명령하듯 등을 툭툭 치자, 그가 자기 담배를 그녀에게 건네곤 새로 불을 붙였다.

"고마워라, 이 노모에게 담뱃불을 붙여주다니. 당신 내가 자기 엄마뻘인 거 알아? 귀여운 망나니?"

등 뒤에서 들려오는 빈정거리는 목소리에 멈칫한 그의 얼굴이 일그러졌지만, 곧 신랄한, 그러나 불편한 마음을 누그러뜨리는 목소리가 이어졌다.

"엄마뻘인 늙어빠진 정부에겐 담뱃불을 붙여주는 성실한 도련님이었다가, 과장에겐 예의 바른 청년이었다가, 어둠 속에서는 가엾은 남자를 열일곱 번이나 칼로 찌른 고지식한 젊은이였다가…… 당신 정말 괴상한 놈이지 뭐야……."

그러더니 그녀가 갑자기 웃음을 터뜨렸다. 눈만 깜빡거리던 게레는 여전히 창에 시선을 둔 채 담배를 한 모금 빨 뿐이었다. 그는 정말이지 아무래도 상관없었다. 그는 어딘가에, 분명하고도 확실한 장소에, 여자의 천박한 빈정거림이 미치지 않는 안식처에 다다라 있었다. 그녀가 알지 못하게 말이다. 그는 작은 비밀을 가진 사람처럼, 혹은 그녀에게 농담이라도 하는 듯 슬그머니 입꼬리를 올렸다. 그러나 낮고 집요해진 그녀의 목소리가 무언가를 속삭이기 시작하자 미소는 사그라져버렸다.

"어떻게 한 거야, 응? 세 번 찌른 것까진 그렇다고 쳐. 그런데 그다음은? 어떻게 그럴 수 있지? 말 좀 해봐."

"그런 거 아냐."

담배를 창밖으로 던진 게레가 침대 위쪽의 보이지 않는 여자를 향해 몸을 돌렸다. 정염과도 같은 격렬한 불안감에 휩싸인 그가 그녀 위로 몸을 내던졌다.

"이 짐승…… 이 더러운 짐승……"

여자의 목소리가 계속되다, 이윽고 잠잠해졌다.

그다음 일요일, 카르뱅 교회의 종이 울렸다. 날이 맑았다. 하숙집 여주인인 비롱 부인은 여느 때처럼 검은색 옷차림으로 꽃에 물을 주고 있었고, 하숙인인 게레는 내의에 바지만 걸친 채 커피잔을 쥐고서 대문턱에 걸터앉아 그녀를 구경하고 있었다. 그리고 지조라곤 없는 이웃집 개가 그의 발치에 늘어져 있었다.

'잉꼬부부가 따로 없네'라고 남 말하기 좋아하는 동네 여자들이 생각했는데, 그들은 교회에 가기 위해 차려입고서 교회 종소리 때문인지 평온하고도 외설적인 광경을 피하기 위해서인지, 플랜 가의 그 집 앞을 지나칠 때 더욱 빠르게 걸었다.

"물 충분히 준 것 같지 않아?" 젊은 남자가 물었다. 그러곤 음흉스레 덧붙였다. "비가 열흘째 내렸다고. 그날 같이 해 뜨는 거 본 이후로 말이야."

그러나 물 주기에 정신이 팔린 여자는 어깨를 으쓱할 뿐이었다.

"그래, 그날 밤부터 비가 그치질 않았어. 밤마다, 밤새 내렸다고. 비 오는 소리를 같이 들어놓고는, 기억 안 나?"

여자가 질색이라는 듯이 그를 힐끗 보다가 미소 지었다.

"당신은 그런 생각밖에 안 해?" 그녀가 진짜로 궁금하다는 듯이 물었다. "남자들은 웃겨. 아무 생각 안 하거나 그 짓 생각만 한다니까."

"당신이 너무 안 하는 거야." 그가 다정한 어투로 나무랐다.

"나는 있잖아, 자기야. 그 짓을 아주 많은 놈들이랑 너무 자주 했거든. 자기도 알다시피 나는 자기 또래가 아니잖아."

무언가를 웅얼거리던 그는 곧 체념한 듯 굴었다.

"내일이면 편지를 받을 수 있을까?"

손바닥만 한 정원을 한 바퀴 돈 그녀가 물뿌리개를

그의 앞에 내려놓았다. 그녀는 서서 그를 지배한 채, 그를 소유했다는 만족감과 초연함이 깃든 눈으로 게레를 바라보았다. 그가 그녀를 올려다보며 장난스레 미소 지어 보였다.

"내일은 아닐 거야." 그녀가 앞치마에 손을 닦으며 대답했다.

그가 자연스레 손을 잡자, 그녀가 자기 손을 무감히 내버려둔 채 벌판과 광재 더미 쪽으로 고개를 돌려 우편배달부가 오는지 살펴보았다.

"그래도 모레엔 분명히 올걸. 질베르가 이럴 땐 재빠르니까. 마르세유 쪽 사람들만 만나면 다 된 거야. 확실하거든, 그쪽이."

"마르세유가 그리운가 봐?" 게레가 말했다.

"뭐, (그녀의 얼굴이 딱딱하게 굳어졌다.) 그 개자식만 아니었으면 절대 마르세유를 떠나지 않았을 테니까. 거긴 날씨가 좋거든. 다채롭달까, 게다가 거기 사람들에겐 타고난 뭔가가 있어. 마르세유는 진짜 도시야."

"왜 돌아가지 않았어?"

게레는 자신이 감싼 여자의 미동 없는 손을 유심히 바라보았다. 그녀의 손이 자신의 것과 거의 엇비슷한 나이로 보인다고 생각하면서, 그는 자기 정부의 단단한 종아리에 이마를 갖다 댔다.

"발각됐거든, 거기서." 그녀가 간결하게 답했다. "왜 이리 어린애처럼 기대고 그러실까? 자기가 갓난아인 줄 아는 건 아니겠지, 알 카포네 씨?"

그가 미동 없이 어깨만을 으쓱 들어 올렸다. 검은색 앞치마에 파묻힌 그가 꽉 막힌 목소리로 말했다.

"따뜻해서. 난 진짜……."

"태어나자마자 엄마한테 버림받았다는 둥 그런 얘기라면 됐어. 기둥서방이나 살인자의 불행한 유년사는 사절이야."

정색한 그녀가 웅변적인 손동작을 취해 보였다.

"내 어머닌 선량한 여자였어." 그가 느릿느릿 입을 열었다. "말년엔 자린고비에 늙은 까치처럼 심술궂긴 했지만, 그렇다고 불행한 건 아니었어."

"뭐, 다행이네."

그녀가 무언가를 떨어뜨리려는 듯이 엉덩이를 털자, 게레의 머리가 앞으로 기울어졌다.

"갈 섬은 찾았어?" 그녀가 문 쪽으로 향하며 말했다. "아니면 결국 다카르를 고른 건가?"

"아니, 우리는 최종적으로 콩고에 가게 될 거야. 거긴 돈벌이가 널렸거든. 고분고분한 놈들만 있는 건 아니지만, 내가 주무를 수 있어."

그의 확신에 찬 미소는 그녀가 집으로 들어가자 금방 사라져버렸다. 그는 뒤를 힐끗 돌아보았고, 그 순간 그녀가 부엌에 들어갔음을 알리듯 라디오가 켜졌다. 그는 곧장 몸을 구부려 두 팔로 개의 목을 감싸고는 오랫동안 부드럽게, 사랑스러워 어쩔 줄 모르겠다는 듯이 짐승의 검고 더러운 털과 빛나는 콧잔등에 입을 맞추었고, 개는 기쁨을 느끼며 그가 그렇게 하도록 내버려두었다.

"토마토가 좋아, 오이가 좋아?" 집 안에서 목소리가 들려왔다.

게레는 개의 머리를 확실히, 그러나 난폭하지 않게 밀어내며 대답했다. "내 알 바 아니지."

그러고는 험프리 보가트처럼 눈을 찡그리며 담배에 불을 붙였다.

일주일 뒤, 게레는 시내의 대형 스포츠용품 매장인 아롱다 안을 거닐고 있었다. 판매원들이 별 볼 일 없는 손님을 대하듯 밀치고 지나갔지만, 그는 알아채지 못했다.

거울 속 게레의 곁에는 이제 그가 '마리아'라 부르는 비롱 부인이 비쳐 보였는데, 그녀는 한창 잘나갔던 시절에 갖게 되었을 옷깃에 수달 모피가 달린 검은색 코트를 걸치고 있었다. 들뜬 게레의 모습을 보고 웃느라 그녀 역시 처음엔 머리에 포마드를 바른 젊은 남자 판매원의 질색하는 눈길을 알아채지 못했다.

"원하는 건 찾았어? 할인 상품으로 골라."

"그럼, 그럼." 그가 대충 얼버무렸다. "근데 저기 저 엄청난 놈을 좀 봐……."

게레가 번쩍이는 거대한 야마하 바이크를 가리켜 보였다. 그리고 그 손짓 때문에, 아마도 점심시간이 가까워져 서둘러 매장을 나가려던 젊은 판매원의 조롱이 시작되었다. 그가 쩌렁쩌렁 울리는 목소리로 말했다.

"여긴 신사분이 올 만한 매장이 아닙니다. 제가 제대로 본 거라면, 손님께 적당한 곳은……." 그가 악의적이고 기고만장한 태도로 강조했다. "여기보단 모토베칸‡ 매장이 어울리겠군요."

그가 자신의 재치가 만족스럽다는 듯 웃었다. 이미

‡ 프랑스의 경오토바이 브랜드.

이 부자연스럽고 야릇한 커플 주위로 다가온 다른 고객들이 키득대기 시작했다. 게레보다 아주 조금 먼저 이를 감지한 마리아가 그의 팔을 놓았다. 분노로 새하얗게 질린 채 휙 몸을 돌렸다. 그녀의 눈과 마주친 판매원이 본능적으로 뒷걸음질 쳤지만, 한발 늦었다.

"신사분이 찾는 건 모토베칸 매장이 맞을지도 모르죠." 그녀가 높고 분명한 목소리로 또박또박 말했다. "하지만 내가 찾는 매장은 예의 바른 판매원이 있는 곳입니다. 친절한 판매원 말이죠. 그런데 그런 매장은 확실히 다른 데서 찾아야겠군요."

그녀가 어리둥절해하는 게레의 팔을 잡아끌었다. 갈대 같은 고객들이 경멸하듯 판매원을 위아래로 훑어보자, 그가 횡설수설하기 시작했다. 게레는 길거리로 나온 마리아가 갑자기 멈춰 설 때까지 그녀의 뒤를 따랐다. 얼굴이 창백해진 그녀가 그를 외면한 채 어금니를 악물었다.

"저 얼간이 자식." 그녀가 씩씩댔다. "쓰레기 같은 놈이…… 당신 당장 돌아가서 그 오토바이 사. 그 엄청 큰 일제로."

"그런데 뭘로……?"

게레는 그녀의 이해할 수 없는 분노에 어리둥절해했

다. 사람들에게 치이거나 꾸준히 굴욕을 당하는 것 따위는, 그에겐 정말이지 익숙한 일이기 때문이었다. 그러나 순간 그런 자신이 지긋지긋하게 느껴진 그가 턱에 힘을 주고 속삭였다.

"그 자식은 내가 상대할게." 그러면서 그녀의 종용엔 온몸으로 저항했다. "하지만 무슨 돈으로 그걸 사? 게다가 내가 그걸 타고 공장에 출근하는 게 상상이 돼? 헛된 꿈일 뿐이야. 게다가 3만 프랑이나 하는데, 당신, 있어? 3만 프랑?"

일순 꿈에서 깨어난 듯 그녀가 게레를 바라보더니 간신히 입가를 끌어올렸다.

"뭐, 전부는 없지. 그래도 은행에 돈이 좀 있는데…… 미안해." 그녀가 사과하곤 말을 이었다. "내가 왜 이러는지 모르겠어. 당신은 저런 걸 참을 수 있어? 그 자식 말투, 못 들었어?"

게레는 그 시점에서 냉정해졌다. 벽돌처럼 단단한 표정을 지으며, 그는 기억 속에 희미하게 남아 있는 오래된 영화 속 에드워드 G. 로빈슨이 했던 것처럼 느리게, 부정의 의미로 머리를 좌우로 흔들었다.

"아니." 담백한 목소리였다. "그 사람 못 봤어. 나는 그런 놈들은 쳐다보지 않아."

그러나 이미, 그녀는 다시 걸음을 재촉하고 있었다. 걸음이 빨랐다. 그보다 키가 작은데도 따라잡는 것이 버거울 정도여서, 그가 근처 카페에 들어가 여자의 옆자리에 앉았을 땐 숨을 헐떡거리고 있었다.

"코냑 한 잔." 마리아가 단호한 어조로 주문했다.

쇼핑몰에서와 마찬가지로 그녀의 기세에 눌린 웨이터가 기적적으로 곧장 술잔을 들고 나타났다. 마리아는 게레가 자신이 마실 두 번째 잔을 마지못해(그는 아침엔 술을 마시지 않으므로) 주문하는 동안, 그에게는 눈길조차 주지 않은 채 단번에 술을 들이켰다. 그녀의 호흡이 진정되고, 혈색이 돌아왔다. 바닥까지 비운 잔을 내려두고는 입을 열었다. "좀 살겠네." 마리아가 전에 없이 망설이면서 겸연쩍기까지 한 표정으로 그를 바라보았다.

"내가 왜 그랬는지 모르겠어. 날 나쁘게 보진 말아줘. 이건…… (그녀가 손으로 모호한 제스처를 취했다.) 이게 내 '바닥'이야…… 본모습이 이런 식으로 드러난 거라고…… 이해해? 재수가 없었어." 그녀가 좀더 확실한 목소리로 말을 이었다. "난 평생 자존심 하나로 살아왔거든. (그 단어를 발음하는 목소리가 자부심으로 울려 퍼졌다.)

난 자존심이 세고 성질도 불같아." 그녀가 그에게 도전적인 눈초리로 덧붙였다.

정작 게레는 그녀의 곁에서 더할 나위 없는 기쁨을 느끼고 있었다. 이제야 이 해프닝이 대단히 만족스럽게 여겨졌다. 제 정부가 보여준 기백도, 그녀가 그토록 손쉽게 거머쥔 승리 역시도 통쾌했다. 그는 이 변칙적인 커플을 향한 주위의 모호하고 호기심 어린 시선을 감지하지 못했다. 게레는 그녀를 존경스럽게 바라보았고, 그의 시선에 우쭐해진 마리아는 곧장 가슴을 펴고 목을 꼿꼿이 세웠다. 그녀가 기분 좋은 듯 입을 열었다.

"자, 우리를 좀 봐. 우리 꼴을 좀 보라고. 그 사람들이 우릴 허언증 환자나 구멍가게 똘마니들이라고 생각하는 게 당연해. 우린 시골뜨기처럼 보이거든. 당신과 나 말이야. 우리에게선 시골 냄새가 나. 그러니까 석탄이나 건초, 짐승의 똥 냄새 같은 거 말이야……."

잠시 말을 멈춘 그녀가 웨이터에게 눈짓 한 번만으로 코냑을 주문했다.

"난 레 트루아 제피‡에서 점심을 먹어야겠어." 그녀

‡ '세 개의 밀이삭'이라는 뜻.

의 목소리에 다시금 분노가 차올랐다. "거기가 이 지역에서 가장 좋은 레스토랑일걸. 특히 크넬‡로 유명하다던데……. 하지만 우리가 이따위 차림새로 그 음식을 먹을 수 있을까? 레스토랑 지배인의 눈총을 받으면서? 마르세유 출신인 나와 카르뱅의 이름 모를 당신이?"

낮은 목소리였음에도, 게레는 걱정스레 주위를 둘러보았다. 10프랑짜리 지폐를 테이블 위에 올려놓은 그녀가 입을 열었다.

"나가자. 내가 새 옷을 입혀주지."

둘은 프랭탕 백화점의 에스데 매장으로 갔다. 단번에 결정하고 딱 잘라 요구하는 마리아는 자기가 원하는 게 뭔지 정확히 아는 것 같았다. 게레는 얼굴을 구겼다. 당연히 옷값은 갚을 생각이었다. 그게 걱정이 되는 건 아니었다. 그가 가진 가장 작은 보석들만으로도 이 매장 전체를 살 수 있을 테니까. 단지 너무 대놓고 여자에게 끌려다니는 게 거북스러웠다.

그런데 마지막으로 방문한 매장에서 그 거북한 감정이 극에 달하고야 말았다. 젊은 여성 판매원이 파란 정장

---

‡ 생선이나 육류로 빚은 완자에 베샤멜소스를 곁들인 요리.

을 입은 게레를 보곤 마리아에게 감탄하며 "파란색이 아드님께 정말 잘 어울리세요"라고 말하는 순간, 마리아가 악동 같은 눈을 빛내며 역할극에 뛰어들었기 때문이다.

"아아, 제 아들이 덩치가 좋아서 그렇죠. 게다가 무슨 술수를 쓰는지, 서른이 다 되었는데도 아직도 자라고 있다는 게 믿겨져요? 일곱 살 때부터 쉬지 않고 바짓단을 늘려주고 있다니까요."

점원이 예의를 차려 경탄하자, 그녀가 덧붙였다.

"그런데 이 애는 아무것도 아니랍니다. 아가씨가 애 아빠를 봤어야 했는데! 얼마나 잘생겼는지!"

그러더니 웃음을 터뜨렸다. 반면 게레는 네온사인 거울에 비친 자신을, 마치 첫 영성체를 위해 한껏 차려입은 웃자란 소년처럼 우스운 모습을 응시하고 있었다. 그야말로 우스꽝스러웠다. 그런데도 웃음이 터져 나왔다. 그가 그런 식으로 웃은 것은 아주 오랜만이었다. 사실 인생을 통틀어보아도, 심지어 군대에서도, 그 누구와도 그렇게 웃었던 기억이 없었다.

새 옷을 차려입은 둘은 1시쯤 점심을 먹기 위해 레 트루아 제피로 갔다. 확실히 레스토랑의 지배인은 정중하고 사려가 깊었으며, 우아한 옷차림새가 아닌 그들의 쾌활함에 깊은 인상을 받은 듯 보였다. 둘의 만면엔 의기양양한 표정이 떠올라 있었고, 그 당당한 태도에 모든 직원이 머리를 숙였다. 마리아가 아들을 위해 웰던으로 구운 새끼 양갈비를 주문하고 또 아들이 마실 약간의 와인을 주문했다. 그러고는 자신들에게 관심이라곤 없는 지배인 앞에서 보란 듯이 기괴하고 비정하기까지 한 유년시절의 추억을 떠벌렸는데, 그 때문에 언제나 경계를 풀지 않던 게레의 얼굴이 웃음을 참느라 일그러졌다. 둘은 게걸스럽게 음식을 먹어 치웠다. 그녀는 술 대신 커피를 마셨다. 만족스러움으로 두 뺨이 장밋빛으로 물든 마리아가 생기가 도는 눈으로 그를 바라보았다. 모성애라기보단 소유욕에 가까운 눈빛이었다.

그녀가 물었다. "내가 당신 엄마라는 게 그렇게 웃겨?"

"당신이 우리 엄말 봤어야 해!" 그가 또다시 웃음을 터뜨리며 말했다. "우리 엄만 진짜 작고 말랐거든. 늙은 쥐처럼 말이야."

그는 연신 웃으면서, 배가 다 찼음에도 무의식적으로 자기 접시 구석에 놓인 노르스름한 빵을 입안에 집어넣었다.

"내려놔, 살쪄." 그녀가 그의 손가락을 탁 쳤다. 그러곤 여전한 말투로 물었다. "만약 내가 당신 엄마였다면,

당신이 좋아했을까?"

"그걸 말이라고 해? 당신한테서 한 발짝도 안 떨어졌을걸."

음탕한 뉘앙스를 풍기며 그가 다시 웃었는데, 식사가 끝날 무렵 그의 웃음에서 취기가 느껴지자 마리아가 짜증을 냈다.

"난 진지하게 말하는 거야. 또…… 아무튼, 내가 얼마나 엉덩이를 때려댔을지……."

급작스레 그의 흥미가 발동했다. "왜 엉덩이를 때려? 무엇 때문에 혼을 내? 갱스터가 되려고 해서? 아니면 공부벌레? 공대생은 어때? 당신은 내가 뭐가 되길 바랐을까?"

그녀는 생각에 잠겼다. 이제 레스토랑 안은 한산했다. 손님은 그들뿐이었다. 그리고 그들의 짙은 색 새 옷이 새하얀 면 테이블보와 대비되어 멀리까지 빛을 발했다. 그녀의 얼굴은 게레보다도 달아올라 있었다. 그 붉은 얼굴 때문에 회색 머리칼이 더욱 두드러져 보였다. 그리고 둘은 서로에게로 몸을 기울인 채 속삭이고 공모하면서, 절반쯤은 적의를 품고 또 절반쯤은 유혹적으로 상대를 바라보고 있었다. 둘 사이를 방해하는 것은 그들의 나이 차가 아니라, 오히려 그들이 비슷한 부류라는 데 있었다. 이 시골 고급 레스토랑에서 둘은 모자지간으론 보이지 않았지만, 타인들이나 그들의 부모에게 별종 취급을 받는 건 동일했던 것이다.

"제기랄." 마리아가 보기 흉하게 기지개를 켰다. (그녀가 말끝에 작게 욕을 내뱉었는데, 기지개를 켜는 동안 새 블라우스의 소매에서 툭 터지는 소리가 났기 때문이었다.) "창녀들이 아이를 가지면 모두 도덕적으로 변한다는 말 못 들어봤어? 난잡할수록 수녀처럼 굴고 싶어 한다고. 필연적인 거지. 하지만 난 아냐. 난 자기를 부자로 만들었을 거야."

"어떻게 부자로 만들어? 가르쳐서 된다는 거야?"

그녀가 웃음을 터뜨렸다. "어렸을 때 찢어지게 가난했던 부자들 봤잖아. 그 사람들이 배워서 돈 벌었다는 소리 들어봤어? 말도 안 돼. 가난한 아이에게 누구도 부자가 되는 법을 가르쳐주지 않아. 모두가 이 진창에서 벗어나려면 부자가 되어야 한다는 걸 보여주기만 할 뿐이지. 방법 같은 건 없어. 각자 알아서 하는 거지."

게레는 그녀를 주의 깊게 바라보았다. 그는 이 여자가 영리하다고 생각했다. 어쩌면 자신보다 더. 그리고 그것을 이토록 쉽게 수긍하는 스스로가 뜻밖으로 여겨졌다. 그는 기분이 좋았다. 너무 번쩍이고 또 너무 따뜻해서 평소라면 그저 서둘러 자리를 뜨고만 싶었을 이 레스토랑이 편안하게 느껴졌다. 사람들이 그녀를 자신의 엄마로 착각한다는 게 웃기기도 했다.

"그럼 나는, 나는 어떻게 하면 될까?" 그가 이 완전한 평화의 순간을 연장하기 위해 막연한 질문을 던졌다.

그러나 그녀가 기쁨이 소거된 눈으로 그를 바라보며 낮은 목소리로 단언했을 때, 그의 표정은 굳어질 수밖에 없었다.

"당신은 혼자서 찾아냈잖아? 대단히 즉흥적으로 말이야……."

그녀가 테이블보 위의 나이프를 느리게 돌렸다. 게레는 간담이 서늘해졌다.

매일 밤(둘이 하품을 하거나 나가는 척하는 것으로 빨리 일어나도록 채근한 결과) 뒤티의 영감이 가까스로 자러 가면 그들은 커피와 브랜디를 들고 난롯가에 자리를 잡았는데, 방으로 올라가 보석을 들고 내려오는 것은 게레가 맡았다. 둘은 함께 그 더러운 주머니를 열어 다이아몬드들과 정교하게 세팅된 보석들을 오일클로스 위에 늘어놓았다. 때때로 마리아가 귀걸이 한쪽을 귀에 걸었다가 빼는 것을 깜박하게 되면, 웃으며 그것을 빼주는 것도 그의 몫이었다. 난로의 불빛이 그들의 얼굴과 훔친 보석에 공평하게 경건한 빛을 비추고, 그녀는 그와 마찬가지로 조금은 병적일 정도로 오래, 보석들을 응시했다.

주말에, 그녀가 언짢은 얼굴로 새로 산 옷들을 옷장에 넣어두었다간 좀이 슬 거라며, 방 하나를 비워 거기에 모아둘 거라고 말했다.

"그게 뭐가 달라?" 그가 태평하게 물었다.

그녀는 여전히 냉랭하기만 했다. 질베르는 아직 적당한 장물아비를 찾지 못한 상태였다. 시간이 걸릴 테니 세 번째 하숙인을 구하는 편이 둘 모두에게 나을지도 몰랐다. 시험 삼아 넘긴 작은 솔리테어 다이아몬드가 팔리기만 한다면, 그럼 그땐…….

"내게 생각이 있어." 그녀가 말했다. "겨울이 끝나기 전에 돈을 만지게 되면, 좀 즐길 수 있을 거야. 내가 보장할게."

그러나 그녀는 게레의 질문에는 대답하지 않았다.

그날 이후 게레는 매일 아침 쉴 새 없이 튀어 오르는 모토베칸을 타고 공장으로 출근했다. 하지만 그는 더 이상 비열한 모샹 앞에 무릎을 꿇는 패배자도, 피로한 촌놈도 아니었다. 그는 이제 자신의 기계식 군마를 타고 종횡무진하는 한 명의 기사였다. 그런 그와의 결투라면 피하는 게 상책이었지만, 수줍음 많은 니콜이 이를 감행한 첫 번째 인물이 되고 말았다.

그날 저녁엔 날이 끝내주게 좋았다. 휘파람을 불며 모토베칸에 오른 게레는 모터크로스 경기를 하듯 황무지를 달렸는데, 예전엔 음산하기 이를 데 없는 곳이었지만 지금은 이런 변화에 신이 난 개가 짖어대며 그의 뒤를 쫓고 있었다. 게레는 눈앞에 펼쳐진, 자신을 그토록 의기소침하게 만들었으나 이곳을 떠나려는 지금에 와서는 어떤 매력이 느껴지기까지 하는 벌판을 바라보며, 예의 그 더러운 공기를 깊게 들이마셨다. 그를 행복하게 하는 건 보석들이 아니었다. 다가올 행운도, 그에게 전과 다른 태도를 보이는 여자들도, 갑작스러운 남자들의 인정도 아니었다. 그렇지만 그는 분명 행복감을 느끼고 있었다. 게다가 그의 외모도 전보다 나아졌다. 이따금 거울에 비친 모습을 볼 때면 그는 자신의 볕에 탄 피부와 밝은 표정, 곧은 어깨에 놀랐고, 땡잡은 건 마리아라고 자찬하곤 했다.

그러므로 그날 저녁, 그는 자기 자신이 마음에 들었다. 그날 저녁, 그는 자신이 누군가에게 선물 같은 존재가 될 수 있을 것만 같았다. 그는 필히 이루어질 마리아와의 잠자리를 생각하며 등나무가 있는 하숙집으로 향했다. 금요일 밤인 데다 그 노망난 영감이 자식들을 보러 가는 날이었기 때문이다.

마리아는 부엌에 없었다. 그러나 그가 정원에서 검은 색 앞치마에 머릿수건을 두른 채 냉혹한 눈초리로 자신의 보잘것없는 화단을 바라보고 있는 그녀를 찾아내기까지는 그다지 오랜 시간이 걸리지 않았다. 게레는 그녀를 부르기 전 잠시 그 모습을 응시했다. 사랑 같은 것과는 너무도 명백하게 거리가 먼 그녀를 원하는 스스로에 놀라고 또 조금은 걱정스러워하면서. 그는 그녀를 향해 살금살금 다가가 두 팔로 그녀의 어깨를 확 끌어안았다. 소스라치게 놀란 그녀가 믿을 수 없을 만큼 빠른 속도로 몸을 돌렸다. 마리아는 오른손에 들린 가지치기용 칼을 휘두르고 나서야 그를 알아보았다. 겁먹고 당황한 게레가 뒷걸음질을 쳤다.

그녀가 말했다. "다시는 절대 그러지 마. 갑자기 누군가가 겁주는 거 질색이니까."

"하지만 나잖아……." 그는 무안해하며 말했다. "당신, 설마 내가 무서워?"

그녀가 웃기 시작했다. "내가 어떻게 당신을 무서워할 수 있겠어? 당신은 늙은 보석상만 노리는 예의 바른 젊은이인걸."

게레는 얼굴을 구겼다. 그는 이따금씩 그녀에게 자신

은 범인이 아니라고 고백하고 싶었다. 이제 그들은 함께 침대를 쓰고, 함께 계획을 세웠으며, 같이 웃고, 무례한 판매원과 레스토랑 지배인에게 함께 맞서기도 했다. 그는 그녀와 범죄 공모보다 흥미롭고 따뜻한 유대로 연결되어 있다고 느꼈다. 아니, 그건 느낌이 아닌 사실이었다. 그러니 논리적으로 그의 고백은 그녀를 안심시킬 거였다. 보석만 팔면 그들은 각자든 함께든 부자가 될 것이고, 더는 그가 어느 새벽 경찰에 연행당할지도 모른다는 걱정을 하지 않아도 되었다. 그녀가 곧잘 이야기한 대로 그를 진심으로 사랑하진 않는다 하더라도 막연한 애정은 갖게 되었을 테니까.

게레는 도덕적으로 자라났다. 그래서 악행으로 사랑을 받는 것은 부조리하고 잘못된 거라고, 내면의 무언가가 그를 일깨웠다. 그럼에도 그녀에게 모든 걸 털어놓으려 결심할 때마다 어떤 예감에 사로잡혀 망설여졌다. 나중에 이야기하는 것이 나았다. 그들이 세네갈이나 다른 곳으로 떠났을 때, 새로운 나라에서 고립되어 외로움으로 서로만을 의지하게 되었을 때 말이다. 아무튼 이제 그는 자신의 운명은 마리아에게 매인 거라고 생각했다. 그게 그녀를 욕망하는 이유 중 하나였다. 그는 육체적으로 그녀를 길들이고 싶었다. 다른 이유는 더 기본적인 것이었다. 상송의 여직원들이나 군복무 시절 매춘부들에게 익숙해진 게레는 자신보다 나이 든 이 여자와 자기 전까지 사랑(육체적인 사랑)이나 진정한 성적 쾌락을 느껴본 적이 없었다. 그러나 섹스에 진저리를 치면서도 몸짓에서 그녀의 경험과 방탕함이 드러날 때면, 그는 자신이 마치 그녀를 만나기 전까지 동정이었던 것 같은 기분이 들었다. 그가 끌어안자 그녀가 흙으로 더러워진 두 손으로 그를 밀쳤다.

"무슨 일이야? 완전히 흥분했잖아……. 사무실에서 포르노 잡지라도 본 거야?"

그는 반발심이 일었다. 그는 자신이 꽤 잘생겼으며, 그녀는 이제 누군가로부터 '미녀' 소리를 들을 나이가 지났고, 그러니 자신보다는 그녀가 더 욕구불만일 거라고 속으로 되뇌었다. 요컨대 자신의 성욕은 그저 그녀의 비위를 맞추기 위해서일 뿐이라고 어리석게도 생각하면서, 그녀가 처음부터 단호히 이야기했던 것, 그러니까 더는 사랑엔 관심이 없다는 말을 믿길 거부하고 있었다. 그녀의 그런 초연함은 그녀가 밤이면 발휘하는 진취성과 일치하지 않았다. 그리고 오직 경험만으로도 그런 기교를, 절정에 오른 여자의 신음을 낼 수 있다는 생각을 하기에 게레는 사랑에 대해 너무나도 풋내기였다.

그가 입을 열었다. "그럼…… 들어갈래? 싫어?"

그녀가 격앙된, 그러나 한편으론 허영심이 충족된 표정으로 그를 지그시 바라보았다.

"대답해봐요, 게레." 그녀가 빈정거렸다. "당신 좀 변태 같아. 내가 정말 섹시하다고 생각해요? (그러면서 그녀는 자신의 손과 주름진 얼굴, 흐트러진 몸매와 회색 머리카락을 가리켰다.) 당신 또래의 좀더 싱싱한 여자를 찾아야 한다고 생각하진 않아요? 눈이 나쁜가?"

"난 당신 그대로가 마음에 들어." 보란 듯이 반말을 쓴 그가 단호하고 씩씩하게 그녀의 손을 잡았는데, 어쨌거나 영화 속에서는 그런 게 여자에게 먹혔기 때문이었다.

그러나 그녀는 받아주지 않은 채 그를 밀어내곤 집안으로 들어갔다.

뒤따르던 게레가 말했다. "어쨌든…… 내가 당신 애인 아냐? 난 당신과 섹스할 권리가……."

"아니, 당신은 아무런 권리가 없어. 난 이제 다 시들해졌다고 말했잖아. 난 내 침대에서 혼자 자는 게 좋아. 사방으로 팔다리를 쫙 뻗고 말이야. 옆에서 코를 골거나 자신이 사내란 걸 보여주려고 기를 쓰는 남자들을 만나던 시절은 이제 끝났단 소리야. 게다가 당신은 억지로 그러는 거잖아."

"내가……?" 게레가 깜짝 놀랐다. "아닌데. 왜 그렇게 생각하는데?"

"남자들은 항상 어딘가에서 남성성을 드러내지 못해 안달이지. 사무실에서든 여자들에게서든 늙은 말한테서든, 하다못해 축구장에서든 말이야. 남자들은 항상 그걸 증명해 보이려고 해. 하지만 당신의 상대는 여자가 아니잖아."

"그럼 어딘데?"

그는 불만스러우면서도 어쩔 수 없이 궁금해졌다. 왜냐하면 그녀가 이야기하는 게 그에 대한 것이기 때문이었다. 누군가가 자신에게 관심을 가진 것은 난생처음이었다. 게레라는 사람 자체뿐만이 아니라 회계원으로서도, 남편감으로서도 말이다. 그녀는 그가 한 일보다도 그를 흥미롭게 생각하고 있었고, 게레에게는 그 점이 매혹적으로 느껴졌다.

"당신은 남성성을 다른 방식으로 보여줬지. 힘으로, 범죄로 말이야. 나머진 당신에게 다 부차적일 뿐이야. 마르세유에서 알았던 진짜 보스들은 여자에게는 관심을 두지 않았어. 어쨌든 모든 일을 처리한 뒤로 남겨두었지."

"하지만 난 보스 같은 게 아냐." 그가 짜증을 냈다. "나는 그냥 당신이라는 여자랑 자고 싶은 스물일곱 살짜리 남자일 뿐이라고."

"글쎄, 난 하기 싫어."

그에게 등을 돌리고 가스레인지의 불을 켜는 그녀의 목소리에선 도발의 기색이 조금도 느껴지지 않았다. 그녀는 진짜로 그를 원하지 않았던 것이다. 그는 아침에 거울로 본 잘생긴 청년의 모습이 불현듯 허상 같고 우스꽝스럽게 느껴졌다.

"그럼, 우리 이제 끝난 거지?"

뜻밖에도 그는 자신의 목소리가 TV 속 어설픈 하이틴 스타처럼 떨리는 것을 감지했다.

"끝이 아냐." 그녀가 여전히 심드렁한 목소리로 말했다. "시작한 적이 없는 것뿐이지. 가끔, 그래, 자기가 진짜 원하면 뭐, 아무튼 오늘 밤은 아니라고. 내년쯤엔 내가 당신한테 애걸복걸할지도 모르잖아?" 그녀가 낙담한 그를 향해 덧붙였다.

그래도 그의 표정이 펴지지 않자 그녀가 갑자기 화를

냈다.

"당신 친구라는 니콜이나 보러 가. 오늘 밤엔 날 좀 내버려두라고! 난 그냥 한 번만이라도 이 오두막에서 잠도 혼자 자고 저녁도 혼자 먹고 싶어. 알겠어?"

그는 알고 있었다. 자신은 결코 아무것도 요구할 수 없다는 것을. 모든 걸 받아들이든지, 아니면 끝내야 한다는 것을 말이다. 그래, 그는 끝낼 생각이었다, 보란 듯이.

"좋아. 니콜에게 가겠어." 그가 짐짓 쾌활하게 말했다. "니콜은 최소한 밤마다 정원을 돌보진 않아. 그리고 내가 꽤 잘생겼다고 생각해, 알아? 사장 비서도 내가 잘생긴 줄 알아. 그러니까 당신이 날 원치 않아도 난 아쉬울 게 없다고."

외투 깃을 세운 그가 그의 마지막 발언에 터진 마리아의 비웃음 소리를 달고서 모토베칸을 타고 떠났다.

잠시 후 늦은 밤 그는 니콜의 방에, 흐트러진 그녀의 침대 위에 있었다. 니콜은 바로 옆 욕실에서 유행가를 부르고 있었는데, 멍청한 내용의 가사가 게레의 기분을 끌어내렸다. 방으로 돌아온 그녀가 침대에 몸을 뉘었다. '짜증 나는 핑크색 나이트가운'이라고 생각하면서, 그가 미소를 띤 채 그녀를 바라보았다.

"진짜 오랜만인 거 알지? 날 잊어버린 줄 알았어. 2주나 지났다구, 알아?"

그가 그녀를 응시하며 근엄하게 고개를 끄덕였다. 그녀의 몸은 장밋빛에 생기발랄했다. 유연하고 부드러운 예쁜 몸, 세련된 젊은 여성의 육체였다. 그녀는 그 짓도 무척 좋아해, 방금 전엔 멱따는 듯 교성을 질러댔다. 그리고 그는 그 시간이 어째서 그토록 지루하기만 했는지를 자문해보았다. 그녀가 협탁 위의 거울을 들어 둘의 얼굴 앞에 갖다 대고는 그의 옆에 있는 자기 모습을 바라보았다. 꿈을 꾸듯, 그의 머리에 자신의 머리를 기댔다.

"흐음, 우리 엄청 귀엽다. 그렇지 않아?"

"그럼, 그럼. 엄청, 엄청 귀여워. 아주 예쁜 한 쌍이라고 할 수 있지."

자조하면서, 그는 꽃무늬 커튼과 모형 벽난로 선반 위에 있는 로버트 레드포드의 대형 사진을, 진짜인지 아닌지 모를 마호가니 화장대와 화장대 맞은편에 놓인 타월 재질의 푹신한 일인용 소파를 둘러보았다. 신경 써서 꾸민 방이었다. 심지어 박봉의 직장인인 그녀의 형편에 비하면 지나치게 세련된 방이라고, 게레는 생각했다. 게다가 방은 눈부시게 깨끗했다. 요컨대 소파 위에 비스듬히 놓인 긴 원피스와 멍청한 얼굴의 인형을 제외하면, 니콜을 위한 예쁜 세트장인 셈이었다. 불현듯 그의 눈앞에 냉골에 어두침침한 마리아의 방이 떠올랐다. 얼룩진 회색 벽, 그가 함부로 옷을 던져두던 비뚜름한 탁자와 가장자리가 너덜거리는(여름에 바깥에 있을 때에도 이미 낡아 있었던) 영원히 겨울에 머물러 있는 그 방과는 전혀 어울리지 않는 정원용 고리버들 의자를 말이다. 뒤죽박죽 놓인 쇠스랑들, 전지가위들, 구석에 처박아둔 씨앗 꾸러미들로 농기구 창고에 가까웠던 그 방……. 게레는 많은 밤 동안 더럽고, 황량하고, 사람이 사는 것 같지 않은 그 방이 열리고, 회전하고, 작아졌다가 커지는 것을 보았다. 절정에 다다르는 순간, 마리아가 죽은 듯이 침묵을 지킬 때, 혹은 그녀가 허스키한 목소리로 고요히 속삭이며 색욕과 관능을 끌어들일 때, 그는 그곳이 자신의 유일한 피난처이자 유일한 타락의 공간이 되는 것을 목도했다. 니콜이 눈썹을 구기며 돌아보는 바람에 그의 얼굴이 그리움에 물들고 말았다.

"무슨 일이야? 여기가 맘에 안 들어? 아니면 이제 지겨워진 거야?"

"아냐." 그가 무기력하게 대답했다. "당연히 아니지.

맘에 들어. 아니면 여기 있지 않았겠지……. 그런데 나 그만 가봐야겠어."

맥락의 공교로운 측면을 알아차리지 못한 채 말을 끝낸 그가 발에 힘을 줘 바닥에 내려놓았다.

불현듯, 게레는 어서 이곳을 떠나고 싶었다. 그는 이 젊은 여자를, 그녀의 밝은 방과 괴기스러운 인형을, 우스꽝스러운 사랑의 밀어를 더는 견딜 수가 없었다. 그녀의 어리광을 받아주는 건 이미 두 시간 전부터 한계에 이른 상태였다. 니콜은 열두 살이 아니라 스물두 살이었고, 게다가 오늘따라 제 나이보다 더 들어 보이기까지 했다. 그녀가 침대에서 몸을 일으켰다. 그의 앞을 가로막는 니콜의 얼굴이 이번엔 분노로 딱딱하게 굳어 있음을, 허술하기 짝이 없는 아주 가느다란 호기심으로 알아챌 수 있었다.

"어디 가? 지겨워졌어? 아니면 다른 사람이라도 만나려는 거야?"

"내가……?" 게레가 비웃어 보였다. "당신은 내가 여자 뒤꽁무니나 따라다닐 만큼 한가한 사람 같아?"

순식간에 얼굴이 달아오른 니콜이 대답했다. "아니, 당신이 여자들을 만나고 다닐 만큼 한가한 사람이라곤 생각 안 해."

그가 의외라는 듯이 그녀를 바라보았다. 니콜은 화내는 게 잘 어울렸던 것이다. 그녀의 벌어진 나이트가운 사이로 작은 가슴과 깨끗한 장밋빛 피부가 드러나 보였다. 어떻게 이렇게 젊고 예쁜 여자보다 마리아를 더 좋아할 수가 있지? 마리아의 말이 옳았다. 그는 진짜로 변태 성욕자인지도 몰랐다. 그는 곧 스스로가 부끄러워졌다. 그러나 그때의 수치심이란 너무도 얄팍하고 아득하기만 해서, 거의 억지로 수치심을 느끼려 애써야 할 지경이었다.

"무슨 말이 하고 싶은 거야?" 그가 열 번이나 끊어지고 다시 잇길 반복하는 바람에 곳곳에 매듭이 생긴 구두끈을 간신히 구두 구멍에 넣어 묶으며 물었다.

(그는 어쨌든 새 구두끈을 사는 것에 대해 생각해야 했다……. 여자를 둘이나 만나는 건 아무 의미 없었다. 진짜로! 이러니저러니 해도 둘 중 그에게 구두끈을 사줄 생각을 하는 여자는 니콜일 거였다. 그 점에 대해서는 의심의 여지가 없었다. 왜냐하면 다른 쪽은…….)

게레는 몸을 일으켰다. 집으로 돌아갈 생각이었다. 소리가 나지 않도록 남의 집 앞에 모토베칸을 세워두고 살금살금 들어간 뒤, 일단 그녀의 침대에 눕기만 하면 그를 쫓아내진 못할 거였다. 어쩌면 그러길 원치 않을지도…… 그런데 니콜이 뭐라는 거지?

"내 말은, 소문에 의하면 자기가 지금 마음에 둔 상대가 특별히 젊은 여자는 아니라는 소리야. 자기가 엄청 나이 든 여자들까지도 좋아한다고 그러던걸."

"그게 무슨 소리야?"

그는 당연히 그게 무슨 소린지 이미 알고 있었다. 분개하고, 부정하고, 신경질을 내는 게 맞았지만, 그는 그 대신 재빨리 옷을 입고 도망치고만 싶었다. 그녀가 단도직입적으로 묻기 전에, 마리아에 대한 추잡한 소문들을 늘어놓기 전에 말이다. 그러나 니콜은 얌전히 침대 한가운데에 앉아 팔짱을 끼고서 판사처럼 그를 몰아붙였다.

"자기 하숙집 여주인 비롱 부인 말이야. 당신이랑 떠들썩하다던데, 사실이야? 난 못 믿겠어."

"뭐? 누가 그런 말을 해?" 그가 몹시 놀랐다는 듯이 물었으나, 이미 그의 귀에도 거짓처럼 느껴졌다. "그런 미친……"

"그래, 미쳤어. 하지만 모든 사람이 그렇게 이야기해. 세상 사람 모두가 미칠 리 없잖아. 나도 처음엔 믿지 않았어. 자기가 그런 늙은 년이랑 그런다는 게 말도 안 된다고 생각했으니까. 뮈리엘한테 '그래도 그이가 그걸 건드릴리 없어. 마르세유에서 창녀 짓이나 하던 늙은 주정뱅이를……' 하고 말하기까지 했다고."

게레에게 타격을 준 건 '늙은'이라는 표현보다는 '주정뱅이'라는 표현이었다. 늙었다는 말은 마리아에게 귀에 못이 박힐 듯 많이 들었던 것인 데다, 그녀는 일부러 사람들 앞에서 조롱하듯 자애로운 어머니의 얼굴을 하기도 했었다. 게다가 게레에게 나이 차이는 전혀(특히 성애적 측면에선) 중요하지가 않았다. 외려 그에게 충격을 준 건 니콜이 명석한 독재자인 마리아를 마치 항구 뒷골목을 어슬렁대는 술꾼에 낙오자처럼 표현했다는 점이었다. 니콜의 분노와 솔직함으로부터 그의 정부를 보호할 수 있는 길은 그들의 관계를 사실대로 말하는 것 말고는 달리 방법이 없었다. 바로 거기, 그 지점에서 마리아가 단호하게 굴었던 것이다. 그에 따르면 그는 이 관계를 부인하고, 도발에 말려들지 않고, 선 넘는 농담이라는 듯 웃어넘겨야 했다. 요컨대 그녀를 부정해야 하는 것이다. 그때는 마리아의 요구가 귀족적이고, 심지어 영웅적이기까지 하다고 생각했다. 그러나 이제, 그녀가 그렇게 지키고 싶은 것이 그녀 자신의 것이 아닌 그의 평판인 게 맞는지 의문이 들었다. 결국, 그를 부끄러워한 이는 바로 그녀였던 거다.

그에게 침대도 육체도 허락하지 않은 건 곧 그녀가 그들의 관계를 떳떳하게 여기지 않기 때문이라고도 할 수 있었다. 물론 그가 그녀보다 훨씬 더 젊었다. 외모도 더 나았다. 그러나 이런 특권, 이런 우위는 마리아의 시선이 떠나는 순간, 더는 어디에도 존재하지 않게 되는 것이다.

'그래도, 빌어먹을! 세상은 나이랑 외모가 다인데.' 게레는 생각했다.

어쨌든 니콜이 훨씬 더 예뻤다. 그가 세상 사람들과 생각이 다른 건 니콜이 지겨워서도, 그녀가 더 이상 아무 말 하지 않아서도 아니었다. 모든 사람이, 그러니까 모든 신문, 모든 영화, 모든 앙케트, 모든 지침, 그 모든 것이 지긋지긋할 정도로 말하는 게 젊고 아름다운, 쾌활하고 햇볕에 잘 그을린 육체를 지닌 부유한 남자들과 여자들에 대해서였다. 세간에 관심을 끌고 호감을 받으며 성취하고 연애하는 그들이 이 사회의 승리자인 것이다. 그리고 어떤 경우에도 볼품없는 옷차림에 쉰 살을 넘긴 과묵하고 무뚝뚝한 그 여자는 거기에 속하지 않았다. 갑자기 게레의 머리에 새로운, 자명한 사실이 벼락처럼 내리꽂혔다. 그런 앙케트 같은 것들이 오직 그에게만은 아무런 영향도 미치지 않는다는 사실이었다. 요컨대 무언가를 변화시키는 건 대다수의 동의가 아니었다. 통계는 그를 웃게 하고, 그를 흥분시키는 사람이 마리아가 되는 걸 막진 못한 것이다.

그가 둔탁한 목소리로 물었다. "넌 비롱 부인의 뭘 비난하는 거야?"

가까스로 구두끈을 묶은 그가 일어나더니 외투가 걸린 문 쪽으로 몸을 기울였다.

니콜이 소리쳤다. "내가 말하고 싶은 건, 당신의 비롱 부인이 카르뱅에 자기보다 먼저 왔다는 거야. 그래서 공장 남자들이나 다른 곳에서 알고 지낸 남자들이 아주 많았다고. 그 사람들은 그 여잘 '부인'이라고 불러주지도 않았어. 닳고 닳은 여자라고! 단지 지금은 그 남자들이 그 여잘 고르지 않는 것뿐이야. 그 마리아보단 젊은 여자를 더 좋아하게 마련이니까. 물론 평범한 남자들 말이야."

정적 사이로, 돌연 게레의 입에서 분노를 장전한 목소리가 터져 나왔다.

"제기랄, 도대체 젊다는 게 뭐야?"

그가 고함을 지르자 깜짝 놀란 니콜이 겁에 질린 표정으로 그를 바라보았다. 그는 분노로 얼굴이 새하얗게 질린 채 격분하고 있었다. 그는 자신이 마리아의 침대에서 원하는 걸 이루고 나왔더라면 아무렇지 않은 척할 수도, 험담을 하면서 그녀를 부인할 수도 있었을 거라는 걸 완전히 깨달았다. 그러나 마리아에게 거부당한 지금은 그녀와 한 몸이 된 기분이었다.

"젊음이 뭔데?" 그가 한층 더 낮아진 목소리로 되풀이했다. 외투 단추를 여미는 손가락이 덜덜 떨렸다. "네가 어린 게 뭐? 나한테 뭘 어쩌라는 건데? 난 그런 것만으론 흥분되지 않는다고. 늙은 놈들이나 흥분하지. 싱싱한 육체니 뭐니 하면서! 몰랐어?"

니콜이 입을 벌린 채 내내 그를 쳐다보고 있었다. 게레는 불현듯 그런 그녀의 모습에 가금류 따위가 겹쳐 보였는데, 그러자 그 생각이 머리에서 떠나지 않았다. 그의 눈엔 이미 그녀가 보이지 않았다. 그가 보고 싶은 것은 다른 곳에 있었다. 그는 마리아와 자기 자신과 보편적인 세상에 대해 지금 막 갖게 된 이 터무니없는 생각에 근거가 있는 것인지 확인해야 했다. 마리아가 다른 사람들과 그렇게까지 다른지, 그녀가 정말로 이 시대의 윤리 의식이나 이 시대의 유행, 이 시대의 기준, 이 시대의 합의와 규칙, 이 시대의 무엇에도 관심이 없는지 확인해보아야 했다. 그래, 그녀가 그 점에 대해서도 진정으로 신경 쓰지 않을 것인지 알고 싶었다. 단번에 결정을 내린 그가 일어서더니 니콜의 손목을 잡았다. 그녀를 옷이 있는 쪽으로 밀었다.

"가서 봐, 비롱 부인이 날 방해하는지. 오늘 밤은 '내 집'에서 자자. 그리고 내일 일요일에 나의 늙은 정부한테 아침 식사를 우리 침대로 가져다달라고 말할게. 어때? 이거면 충분히 증명되겠어?"

그가 이미 곤두박질치듯 계단을 내려가고 있었기에 니콜은 서둘러 옷부터 챙겨 입기 시작했다. 그러나 자기도 모르게 차츰 동작이 느려져갔다. 그가 의기양양하게 오토바이에 올라탔다. 니콜은 몸을 앞으로 구부려 마치 두려움에 떨며 애원하는 듯한 자세로 그의 등에 달라붙었고, 그 모습은 그녀의 깊은 본질을 상징하는 것 같았지만, 앞에 있는 게레는 보지 못했다. 밤은 환했다. 달빛을 받으며 그들은 광재 더미 사이를, 마치 햇살을 가르듯 갈지자로 나아갔다. 하숙집에 도착하기 직전, 자신도 모르게 속도를 줄이고 있음을 깨달은 게레가 갑자기 다시 속도를 올리는 바람에 니콜이 떨어질 뻔하기도 했다. 눈앞의 계단 쪽으로 니콜을 민 그가 문을 두드린 뒤, 일부러 큰 목소리로 말했다.

"똑바로 가. 오른쪽에서 첫 번째 문이야. 맘에 들어, 자기야?"

그가 음탕한 분위기로 말을 이어갔지만 진짜처럼 느껴지진 않았고, 그 탓인지 방에 들어선 니콜은 서서 움직이지 않았는데, 그 모습이 극도로 난처해 보였다. 벽에 붙은 카리브해의 포스터를 본 그녀가 조심스레 속삭였다.

"이게 뭐야? 저기 가려고?"

"가고 싶어." 이번엔 게레가 속삭였다. "그래, 가고 싶어." 되풀이하는 그의 말투가 마치 액션 영화 속 삼류 배우처럼 거칠고 어색했다. "그리고 괜찮다면 널 데려갈게. 우리는 태양 아래서 살게 될 거야……."

니콜이 미소 지었다. 두려움이 날아가버린 그녀가 연기에 몰입하기 시작했다.

"좋은 생각이야, 내 사랑!" 그녀가 마치 스타를 꿈꾸는 신인 연기자처럼 새된 목소리로 소리쳤다. "얼마나 즐거울까! 우리 뭘 할까, 거기서? 섹스는 별도로 치고 말이야."

그녀가 벽 쪽을 향해 윙크를 해 보이며 아마도 자신이 관능적이라고 생각하는 목소리로 내뱉었는데, 그 모습이 게레에게는 기괴하게 느껴졌다. 발뒤꿈치를 들고 선 그녀가 그를 보지 않은 채 벽을 향해서 말했기 때문이다. 그는 불쾌하고, 불편하고, 불안했다.

"그럼, 침대로 갈까?" 그의 목소리는 여전히 바보 같았다. "이리 와."

그녀가 무의식적으로 그의 말에 따라 침대 위로 올라갔는데, 게레는 순간 이제 뭘 해야 할지 몰라서 그녀를 바라보고만 있었다. 이 까탈스럽고 지긋지긋한 걸 어떻게 안을 수 있지? 감히 어떻게 신음을 내게 만들 수 있을까? 2미터 거리의 얇은 벽 너머에서 마리아가 들을지도 모르는데……. 아니, 마리아는 애써 귀 기울이진 않을 것이다. 하지만 확실히 들리긴 할 것이고, 그건 생각만으로도 끔찍했다.

그의 옆에 앉은 니콜은 겁을 먹은 탓에 고분고분하고 온순해진 모습으로 그를 바라보고 있었다. 게레는 자신이 우스꽝스러워지고 있다는 생각에 화가 났다. 그 빌어먹을 마리아가 이제 그를 성불구자로 만들어버린 것이다! 실로 완벽했다.

"다 벗을까?" 니콜이 물었다.

게레가 자기도 모르게 저질스러운 말이라도 들은 듯이 그녀를 바라보았다. 니콜의 얼굴이 붉어졌다. 그가 분연히 일어났다.

"그럼, 그럼! 나 자기 알몸에 미치잖아." 그가 발악하듯 또박또박 말을 내뱉었다. "키스해줘."

그의 어조가 너무나 꾸며낸 것이어서, 니콜은 꿈쩍도 하지 않았다. 그러나 그들은 여전히 삼류 영화 속에 있었기에, 한숨을 돌린 그녀가 우스꽝스러운 신음을 내뱉기 시작했다.

"아아…… 자기야……." 성의 없는 신음이 이어졌다. "나 정말…… 정말……."

정말로, 벽에 부딪힐 듯 문이 활짝 열렸다. 그리고 문지방 위에 머리를 풀어헤친, 거대해 보이는 마리아가 쭈글쭈글한 나이트가운을 걸친 채 짙은 색 눈으로 그들을 건조하게 응시하고 있었다.

"이런……." 마리아가 입을 열었다.

침대에서 자동으로 몸을 일으킨 니콜이 고개를 숙이고는 뒷걸음질 치며 기이하고 달콤한 목소리로 속삭였다. "안녕하세요, 부인."

그러나 마리아는 니콜이 상냥하게 굴 여지를 주지 않았다.

"당신은 여기가 매음굴인 줄 아는군요?" 마리아가

무미건조한 목소리로 게레에게 물었다. "재미를 보고 싶으면 저 앞에 공터로 가보시죠. 거긴 자리가 널렸을 테니까. 난 좀 자야겠으니, 어서 나가요!"

"하지만……." 게레가 더듬더듬 입을 열었다. "하지만, 여긴 제 방인데요……."

마리아가 발뒤꿈치로 마룻바닥을 쳐 보이며 재빠르게 말을 받았다. "아뇨, 여긴 내 소유의 내 방이죠! 내가 아주 싼값에 독신자들에게만 세를 준 방이라고요. 대신 바깥은 공짜 아닌가요? 완전히 공짜. 3분 줄 테니까 그 안에 여기서 꺼져버려요. 난 좀 자야겠으니까!"

그러고 나서 그녀는 등 뒤로 소리조차 나지 않게 문을 닫는 것으로 게레에게 모욕을 주는 데 방점을 찍었다.

"아니…… 아니, 저 여자는 자기가 뭐라고 생각하는 거야? 도대체 자기가 뭐라고 생각하는 거지?" 그가 몇 대 얻어맞은 사람처럼 하얗게 질린 얼굴로 비틀거렸다. 같은 말을 반복하는 그의 소매를, 니콜이 조금 전부터 잡아끌고 있었다.

"우리 나가자." 그녀가 청승맞은 목소리로 말했다.

다시 모토베칸에 오른 둘은 왔던 방향으로 길을 잡았다. 그들 위로 달이 고고하게, 그러나 사라지기 직전이라반쯤 투명해진 채로 빛을 비추고 있었다. 일단 집 앞에 도착하자, 니콜은 게레의 얽히고설킨 변명을 귓등으로도 듣지 않고 있었다. 그녀는 추위에 떨었다. 어쩌면 좀 전의 공포가 다시 밀려왔기 때문인지도 몰랐다. 니콜이 어깨를 움츠린 채 문 쪽으로 몸을 돌렸다. 그녀의 등이 게레의 눈에 들어왔다. 니콜의 등은 무언가를 나타내고 있었다. 그것은 마리아의 등이라면 결코 드러나지 않을 무언가였으나 게레 자신의 등에선 자주 나타났을 그것, 바로 모욕감이었다.

"자, 봤지?" 그가 말했다. "아무튼 본 거지?"

"응." 그녀가 말했다. "봤어."

그는 멀어져가는 그녀의 등에 대고 외쳤다. "아직도 그 여자가 내 정부라고 생각해?"

그러나 니콜은 대답은커녕 뒤를 돌아보지도 않았다. 그리하여 게레는 한 번 더, 이번엔 전속력으로 마리아에게로 향했다. 그는 그녀에게 욕을 하고, 그녀를 때리고, 어쩌면 강간을 할 수도 있었다. 그 늙은 여자는 마침내 알게 될 것이다. 화가 난 남자란 어떤 것인가를 말이다. 그는 전속력으로 오토바이를 몰아 수 킬로미터를 달렸다. 엔진의 부르릉거리는 소리와 속도가 그의 흥분을 부추겼다.

그가 돌아왔을 땐 막 해가 뜬 참이었고 그건 마리아에게도 마찬가지인 것 같았다. 집이 비어 있었던 것이다. 게레는 찰나의 순간, 그녀가 질투하는 거라는 말도 안 되는 생각에 뛸 듯이 기뻐했다가, 이내 그녀가 자신에게 돌아오지 않을지도 모른다는 끔찍한 두려움에 휩싸여버렸다.

마리아는 사흘간 집을 비웠다. 그리고 그 사흘 사이에 게레는 불쌍한 남자로 돌아가 있었다. 걸음은 느려지고 목소리도 축 처졌다. 그는 느슨하게 맸던 넥타이를 다시 조였다. 개를 부르던 것도 관뒀다. 니콜은 그에게 인사를 하는 둥 마는 둥 했고, 게걸음으로 걸어다니는 게레에게 안심한 모샹은 전보다 더 악질적으로 굴었다.

그가 보석들이 제자리에 있는지 확인해야겠다고 생각한 건 고작 이틀째가 되던 날이었다. 보석들은 그대로 있었다. 그리고 그는 그것이 자신에게 얼마나 상관없는 일인지를 깨닫고는 신경질적으로 웃었다.

내면적으로, 그는 불쌍한 남자식 해결법에 매달렸다. 마리아 대신 화초와 채소들에 성심을 다해 물을 주는 것이었는데, 그래도 밤에 잠을 이룰 수 없었다. 반면 겉모습은 아무렇게나 내버려두었다. 넥타이를 다시금 질식할 정도로 조여 맸을 뿐 그는 사흘 동안 내리 같은 옷을 입었다. 같은 와이셔츠, 같은 바지, 그리고 점점 더 구겨져만 가는 재킷을 다시 걸쳤다.

그리고 마지막 사흘째 되는 날 4시가 되었을 무렵, 그러니까 복수의 정점에서, 초췌한 모습으로 말없이 광재 더미에 시선을 흘려보내고 있는 게레의 무성의한 옷차림을 모샹이 지적하고 나섰다.

"말해보게." 모샹의 말 위에 마리아의 목소리가 겹쳐 들렸다. "말해봐요, 게레. 당신은 여기가 매음굴인 줄 알고 있나 보군요?" (자신은 일평생 그런 곳엔 딱 한 번 발을 들였을 뿐인데 대단한 단골손님 취급을 받고 있는 게 틀림없다고, 게레는 생각했다.) "자네 옷 좀 어떻게 할 수 없나? 여긴 돼지우리가 아닐세. 아니면 다른 재킷이라곤 없는 모양이지? 자네 옷장에는……."

모샹이 말을 멈췄다. 게레의 자세에서 무언가 이상한 점을 발견했기 때문이다. 이 버르장머리 없는 자식이 꼿꼿이 몸을 세우더니, 홀린 듯 멍한 표정으로 광재 더미를 바라보고 있었던 것이다. 모샹의 시선이 무의식적으로 따라갔지만 저 멀리 왼쪽 지붕 위에서 피어오르는 가느다란 흰 연기를 제외하고는 아무것도 보이지 않았다. 갑자기

반색을 한 게레가 위압적으로 벌떡 일어섰을 때에도, 그가 모샹을 물건처럼 밀치고 문 쪽으로 몸을 던졌을 때도 그는 영문을 알 수가 없었다.

"게레!" 모샹이 소리쳤다. "게레, 돌아오게!"

"날 내버려둬, 젠장!" 게레가 다시 권위를 잃은 자신의 고문 담당자에게 뒤도 돌아보지 않고 말했다.

그리고 모샹이 그에게 욕을 날리기 위해 창문으로 몸을 숙였을 땐 게레가 탄 오토바이는 이미 흰 연기가 피어오르는 방향으로 질주하고 있었다.

마리아는 머리를 잘랐다. 새 외투에 가볍게 화장도 했지만, 게레는 그것을 나중에야 알았다. 도착하자마자 애지중지하는 오토바이를 내팽개친 그가 단 두 걸음 만에 부엌을 가로질러, 마리아의 모습을 확인하지도 않은 채 어찌할 수 없을 만큼 단호하게 두 팔로 그녀를 끌어안았기 때문이다. 그는 마리아의 머리칼에 뺨을 묻었다. 잠자코 서서, 이 나쁜 여자를 향해 뛰는 자신의 심장 소리를 들었다. 자신을 잠 못 들게 하고, 사흘 밤낮으로 자신의 머릿속에 들러붙어 있던 이 나쁜 년을 향해서. 그녀에게 욕을 퍼부을 생각도, 몇 대 쳐야겠다는 마음도 들지 않았다. 심지어 뭔가를 따져 물을 생각도 없었다. 그녀는 돌아왔고 자신을 거부하지도 않으니 다 잘된 셈 아닌가. 이윽고 마음이 진정됐다. 그는 안도의 한숨을 내쉬었다.

"얼마나 두려웠는지 몰라." 그가 말했다.

그녀가 고개를 들지 않은 채로 몸을 조금 뒤척였다. 꼼짝할 수 없었지만 내버려두었다.

"뭐가 두려워?"

그녀의 목소리가 게레의 재킷에 짓눌린 채 흘러나왔다. 그가 너무 꽉 껴안는 바람에 마리아는 그의 얼굴을 볼 수 없었지만, 그 덕분에 게레는 말을 이을 수 있었고, 또 그녀가 그의 이야기를 들은 뒤 어느 쪽도 웃음을 터뜨리지 않을 수 있었다.

"당신이 나를 경찰에 넘길까 봐." 그가 미소를 지으며 말했다.

돌아오는 토요일, 둘은 릴로 향하는 시외버스를 탔다. 그리고 가는 내내 마리아는 게레의 물음에 아무런 대답도 하지 않았다. 낡은 검은색 외투를 걸치고 두 손을 가방 위에 포갠 채 좌석에 몸을 묻고 있는 그녀는 영락없이 큰아들과 도시로 가는 촌부의 모습이었다. 버스에서 내리자마자 아주 자연스럽게 택시를 그것도 고급 신형 택시를 부르는 그녀를 보고 게레가 깜짝 놀랐다.

"옹그루아 가, 23번지." 그녀가 택시 뒷좌석에 털썩 주저앉으며 말했다.

"옹그루아 가에는 뭐 하러 가는 거야?" 게레가 속삭였다.

"가보면 알아."

그녀는 피로한 듯 눈을 감았지만 입가엔 어느새 미소가 맴돌고 있었다.

옹그루아 가 23번지는 릴의 부촌에 위치한 저택으로, 장중한 포치의 박공에 문장이 새겨진 오래된 석조 건물이었는데, 포석이 깔린 넓은 안뜰엔 작은 문이 나 있었다. 마리아가 그 문을 열고 들어서며 불을 켜더니, 곧장 방 안쪽 창을 열었다. 게레는 아르 데코 스타일과 식민지 스타일이 반씩 섞인 요란한 악취미의 가구로 장식된 사치스러운 거실에 서 있었다. 검은색 가죽 소파, 모던한(혹은 모던했던) 스틸 램프, 세로로 긴 거울들과 모로코 스타일의 쿠션 의자 두 개. 모든 게 대단히 과시적이고 흉측한 것들이었지만, 게레에게는 마냥 호화스럽게 여겨졌고 그건 마리아도 마찬가지인 것 같았다. 그녀가 뒤를 돌았다. 게레의 황홀해하는 표정을 보자, 마리아의 눈빛에 맴돌던 초조함이 곧장 의기양양하게 변했다.

"자, 어때? 우리가 여기를 빌린 거야."

그녀가 열쇠를 흔들어 보였다.

"와, 근사하다, 여기……." 게레가 여전히 보르도산 카펫 위에서 꼼짝하지 않은 채 입을 열었다.

"자, 앉아. 이건 러시아산 가죽이지만, 그래도 앉으라고 만든 거니까." 그녀가 소파를 가리켰다.

조심스레 소파에 앉은 게레가 다리를 쭉 폈다. 갑자기 두 발을 러시아산 가죽 위에 올리더니, 담배를 입에 물고 마리아를 향해 짓궂은 눈빛을 보냈다. 그가 거드름을 피우며 말을 던졌다.

"집이 나쁘지 않군요, 내 사랑. 감자칩에 포트와인이나 한잔할까요?"

마리아는 원래 게레의 농담에 둔감한 편이었지만, 여기서는 자연스럽게, 그리고 공손하게 받아쳤다.

"당신은 가만히 계세요. 제가 다 할 테니."

밖으로 나간 그녀가 문들을 열고 닫더니 유리잔을 손에 들고 게레에게 다가왔다.

"자, 마티니야. 포트와인은 생각 못 했네. 다음 주 토요일엔 갖다 놓을게."

"다음 주 토요일? 여길 얼마나 오래 빌린 거야?"

"6개월. 질베르가 나머지를 처리하는 동안만큼. 근데 당신 아직 다 못 봤어. 이리 와."

게레는 그녀를 따라 이제 막 땅을 갈아엎은 작은 정원을 거쳐 방으로 갔다. 침구가 정리되어 있는 그곳엔 금

사로 수놓인 검은색 새틴 침대보를 씌운 거대한 침대와 자단 협탁 위에 놓인 방향 전환이 자유로운 두 개의 테이블 램프, 그리고 번쩍이는 욕실을 비추는 크롬 화장대가 있었다. 놀란 게레가 어안이 벙벙해진 표정으로 주위를 두리번거렸다.

"다른 방들은 나중에 보자." 그녀가 말했다. "우선 이거 입어봐."

옷장을 연 그녀가 어두운색의 무언가를 꺼내 그에게 던졌다.

"턱시도야. 내 드레스도 샀어. 신나게 즐기자고 했었던 거 기억나? 바로 오늘 밤이야. 그러고 나서 이 숙소로, 아니 우리 집으로 돌아오는 거지. 잠은 내일 아침에 자고, 밤이 되면 다시 등나무 집으로 출발. 어때, 맘에 들어?"

낮고 신중한 목소리였지만, 마리아의 두 눈은 자랑스러움과 기쁨으로 반짝반짝 빛나고 있었다. 그녀에게서 어린아이 같은 일면이 엿보이는 순간이었다.

"말이라고 해, 맘에 들어!" 게레가 흥분하며 말했다. "당연하지!"

거울 앞에 선 그가 턱을 들어 올리고 가슴을 부풀리며 턱시도를 대보았다.

"당연히 좋지! 일주일 내내 모샹이 고함을 지를 때마다 난 이 집을 떠올릴 거라고."

마리아가 멈칫했다. 그녀는 모샹과 게레의 불화가 짜증스러웠다. 그가 아직도 공장 후미진 구석에서 모샹을 죽여버리지 않았다는 게 매번 놀라울 따름이었다. 게레는 입고 있던 재킷을 벗고 턱시도를 걸치며 화제를 돌렸다.

"우리 둘 다 코가 삐뚤어질 때까지 마시자! 오늘 밤, 릴을 돌고 도는 거야."

몇 시간 뒤, 둘은 실제로 돌고 돌았다. 그들의 숙소와 같은 스타일의 카바레에서 말이다. 머리를 풀어헤친 마리아가 1940년대의 유행가인 〈멜랑콜리〉를 부르는 동안, 살짝 취기가 올라 기분이 좋아진 게레는 호스티스에게 들러붙어 있었다. 마리아의 열창에 누군가는 히죽대고 누군가는 눈가가 촉촉해져서 브라보를 외쳤다. 떠나가라 박수를 치던 게레가 그녀를 댄스 플로어로 끌고 가려 했지만, 마리아는 거부했다. 대신 그녀는 악단의 리더인 피아니스트와 의기투합해 전후 히트곡들에 대해 이야기를 나눴는데, 〈집시〉, 〈센티멘털 저니〉, 〈스타 더스트〉 같은 곡들로, 호스티스와 한 번 더 춤을 추게 된 게레는 전혀 알지 못하는 노래들이었다.

"노래 부른 여자, 너네 엄마야?" 여자가 물었다.

"숙모야." 그가 웅얼거렸다.

그건 마리아의 지시를 조금 변형시킨 거였다. '숙모'라는 표현이 '엄마'보다는 낭만적인 파동을 유지하고 있는 것 같아서였다.

"네 나이에 숙모랑 논다고?"

게레가 어깨를 으쓱해 보였다.

"장점이 있어……."

"그게 뭔데? 그나마 쓸 만한 데가 있다는 거야?"

여자는 냉소적이고 공격적이었다. 게다가 술을 너무 많이 마신 상태였다. 게레는 낄낄대는 그녀가 짜증 났다.

"아니, 그 숙모의 장점이 뭐냐고. 아, 먼저, 이름은?"

"마리아." 그가 기계적으로 대답하고는 바로 말을 바꿨다. "그러니까, 마리안."

둘은 가명을 짓기로 했었다. 그다지 필요한 게 아닌데도 말이다. 유지들이 꽉 쥐고 있는 폐쇄적인 도시에서 드나드는 데가 빤한 그들을 누가 알아본단 말인가? 이런 피갈 스타일 카바레에서 누가 그들을 안다고? 그럼에도 마리아는 그를 라울이라고 부르고 싶어 했는데, 게레에게는 그 이름이 꼭 돈을 뿌리고 다니는 외국인 사기꾼 같았다. 그는 그것보다는 '프랑수아 그자비에'나 '세바스티앵' 같은 낭만적인 이름이 더 마음에 들었지만, 이니셜이 마음에 들지 않는다는 핑계로 마리아가 퇴짜를 놓은 것이다. 그리하여 현재 그는 로제라는 본명 대신 라울이라는 이름으로 불리고 있었다.

따지고 보면 어머니가 죽은 이후 족히 20여 년간, 그를 로제라고 부르는 사람은 아무도 없었다. 니콜을 제외하고는 모두가 그의 성을 불렀고, 니콜은 '자기', '서방님', '귀염둥이' 등등의 바보 같은 애칭으로 그를 불렀다. 마리아는 아예 그를 부르지 않았다.

"그래서? (여자가 춤추기를 멈췄다. 그녀에게서 술 냄새가 풀풀 풍겼다.) 자, 이제 말해봐. 마리안 숙모의 어디가 그렇게 재미있어? 장점이란 게 뭐야? 내가 가서 물어봐줘?"

"안 돼." 그가 희미한 불안감을 느끼며 답했다. "내가 말했잖아. 재미있어. 날 웃게 만들어준다고. 그게 다야."

여자가 믿을 수 없다는 듯 그의 얼굴을 뚫어지게 바라보았다. 갑자기 웃음을 터뜨린 그녀가 터무니없는 말을 쏟아내기 시작했는데, 점점 더 맹렬해지는 바람에 주변의 춤추던 사람들이 동작을 멈췄다.

"널 웃게 만든다고? 하, 그러니까 호박단 치마 차림으로 신파조의 처량 맞은 노래를 불러서 웃게 해준다는 거지? 너의 마리안 숙모가? 네가 저 아리따운 마리안의 정부여서가 아니고?"

설상가상으로 음악이 멈췄다. 게레는 플로어 한가운데 빈정대는 사람들에 둘러싸여 있었다. 그는 눈으로 마리아를 찾았지만, 보이지 않았다. 그가 당황하기 시작했다. 손을 슬쩍 주머니에 넣어 좀더 당당한 모습을 보여주려 했으나, 턱시도의 주머니가 너무 얕아 뒷짐을 질 수밖에 없었다.

여자가 흥분해 날뛰었다. "이 귀여운 뉴페이스가 얼마나 웃긴지 아세요, 여러분? 밤마다 자기 숙모를 데리고 다닌다잖아요. 궁상맞은 노래나 부르던 여자를! 시골에선 다 그런 모양이지? 서른이 넘어서까지 숙모 치맛자락을 붙들고 흥청망청 마시러 다니다니, 끝내주는 거 아닌가?"

게레의 얼굴이 붉게 달아올랐다. 그가 가까스로 찾아낸 마리아에게 신호를 보냈을 때, 눈앞의 여자가 낌새를 알아챘다.

"이것 봐! 이 촌놈, 새빨개진 얼굴 좀 보라지. 약해 빠져서 눈치는 되게 빠르네. 그래, 어디 있어, 그 숙모라는 사람?”

“여기.” 마리아가 평온한 목소리로 대답했다. 그러고는 조롱하는 커플들 사이를 헤치고 다가왔다. 여자가 눈에 띄지 않을 정도로 서서히 뒤로 물러섰다.

“그 숙모, 여기 있다고 말했을 텐데요. 그런데, 누가 널 괴롭히니?” 마리아가 낮은 목소리로 말했다.

위험천만한, 쉭쉭대는 그 목소리에 한순간 여자의 몸이 굳어졌고, 그들 뒤로 다가온 두 남자가 아니었다면 영원히 멈춰 있었을지도 몰랐다. 검은 테 안경을 쓴 살짝 그을린 피부의 남자 뒤로, 선명한 녹색 체크무늬 옷을 입은 덩치 큰 남자가 보였다.

입을 연 건 안경 쓴 남자였다. “누가 귀찮게 굴어?”

그가 여자의 목을 끌어안고, 이제 막 침묵에서 빠져나와 상황을 정리하려는 게레를 못 본 척했다.

“오해입니다. 숙녀분이 농담을 하셨는데, 저희가 잘못 알아들었어요. 별일 아닙니다.”

게레는 억지로 웃어 보이면서도 마음이 조마조마했다. 두 놈은 인상이 더러운 데다 충분히 사고를 칠 놈들로 보였다. 오늘 밤은 틀렸다. 술을 너무 많이 마셔서 뭘 어떻게 해야 할지도 알 수 없는 데다, 여긴 레 트루아 나비르 카페와는 달랐다.

"자, 가자." 그가 마리아에게 말했다. "늦었잖아."

마리아는 대답 대신 안경 쓴 남자를 바라보았다.

안경 쓴 남자가 말했다. "가기 전에 사과부터 해야지."

그가 게레의 눈에 담배 연기를 뿜었다. 게레가 고개를 돌리자 구경하던 몇몇이 웃음을 터뜨렸다. 그때 마리아가 그 교활한 놈에게 다가갔다. 그가 무심결에 뒤로 물러나고, 사람들의 웃음소리가 한순간에 그쳤다. 장내에는 조롱이 아닌 호기심이 퍼져 나갔다.

"이봐, 변두리 갱스터." 마리아가 여전히 무미건조한 목소리로 말했다. "우리 건드리지 마. 내가 어설픈 건달들에겐 영 흥미가 없거든. 하나 알려줄까? 센 놈들은 말이야. 내가 진짜 마르세유 갱들을 좀 아는데, 그들은 손님들에게 먼저 시비를 걸지 않아. 둘째로, 여자에게 정중하지. 셋째, 절대 더러운 셔츠를 입지 않고, 손톱에 때가 껴 있지도 촌스러운 애교머리를 하지도 않아. 따라 할 수 있겠어? 이제, 비켜. 몇 년 뒤에 나랑 내 조카가 좀 나아졌는지 보러 올 테니까. 그러니까 꺼져버려! 머리에 피도 안 마른 조무래기 따위가……."

그녀의 입을 막으려던 게 허사가 되자, 남자의 얼굴

이 붉으락푸르락해졌다. 그들을 둘러싼 사람들의 비웃음이 이제 남자에게로 옮겨갔다. 마리아의 매서운 눈초리에 본능적으로 뒤로 물러난 것 같았던 그는 그녀가 몸을 돌리자마자, 뒤늦게 따라가던 게레에게 덤벼들었다.

"이게 재밌나 보지? 어?"

말이 끝남과 동시에 남자가 게레의 무릎을 걷어차고 배에 일격을 날렸다. 놀라 몸을 구부린 게레의 옆구리로 발길질이 날아왔다. 게레가 바닥으로 나동그라졌다. 남자가 고삐 풀린 듯 날뛰었다. 그가 주먹을 날리며 게레를 문 쪽으로 밀어붙였고, 게레는 눈앞이 흐려진 채 코피를 흘리며 어설프게 방어 자세를 취할 뿐이었다. 입구로 나가떨어진 게레를 남자가 도어맨과 함께 밖으로 내던지고는 문을 닫아버렸다. 게레는 마리아의 발밑에서 정신을 차렸다.

그녀는 새벽, 푸르스름한 도로에 서 있었다. 그를 내려다보는 그녀의 표정에는 연민과는 무관한 무언가가 서려 있었다. 그는 옆구리가 아팠다. 코에서는 피가 흐르고 있었다. 토할 것도 같았다. 게레는 벽에 등을 기대 몸을 일으키려 했다.

"그래서?" 그녀가 입을 열었다.

다시 넘어진 게레가 눈앞으로 손을 들었다. 피 묻은 손을 바지에 문질러 닦았다. 고개를 떨구고 길게 숨을 내쉬었다. 눈을 감았다. 카바레에서 탱고가 흘러나오고 있었다.

"좋은 냄새가 나." 그가 불현듯 입을 열었다. "시골 냄새 말이야."

"얻어맞은 덴 괜찮아?"

마리아는 여전히 법관처럼 서서 미동이 없었다. 그녀도, 주먹다짐도, 게레에겐 모든 게 아득하게만 느껴졌다.

"괜찮아. 별일도 아닌데." 그가 평온하게 대답했다.

"그럼 뭐가 중요한데?"

마리아의 단도직입적인 목소리에는 거의 감정이 실려 있지 않았다.

"중요한 건, 지금 이 순간이 좋다는 거야. 음악도 좋고 이 텅 빈 거리도 아름다워. 우린 우리의 예쁜 집으로 돌아가 함께 잠들 거고. 그게 중요한 거지."

그가 부드럽게, 단단하고 단호한 목소리로 말했다. 그리고 그의 앞에 선 여자가 가까이에서 그를 보려고 무릎을 꿇었을 때, 그녀의 분노는 강렬한 의문으로 바뀌어 있었다.

"난 어쩔 수 없어." 그녀가 말했다. "내게 남자란, 내가 존경할 수 있어야 해. 난 '빌어먹을'이라고 거리낌 없이 말할 수 있는 남자를 원해. 끔찍한 놈에게도, 선량한 사람들 앞에서도, 갱단 앞에서도 '빌어먹을'이라고 말할 수 있는 존경스러운 남자 말이야."

"내가 그놈을 죽여버렸다면 당신 기분이 좀 나았을까?" 게레가 나긋한 목소리로 물었다. "당신 화났구나?"

"그래. 창피해서."

그는 그녀를 바라보지 않고 머리를 모로 떨어뜨렸다. 그의 머리칼이 눈 위로 쏟아졌다. 그는 상처받은 동시에 초연해 보였다.

'잘생겼네.' 처음으로, 그녀는 생각했다.

"난 누가 존경하고 그런 사람이 아냐." 그의 목소리가 느리게 이어졌다. "난 한 번도 '존중받은' 적이 없거든. 학교에서도, 집에서도, 공장에서도 말이야. 사람들은 언제나 날 함부로 대했어. 계속해서."

마리아가 그에게로 몸을 기울였다. 그의 턱을 쥐고 얼굴을 자신에게로 돌려 눈을 보려 했지만, 게레는 꼼짝하지 않았다. 그는 말하는 내내 눈길을 피했다.

그녀가 입을 열었다. "그래. 하지만 그날 밤엔 달랐잖아? 자기는 다른 사람들에게 엿을 먹였어. 공장에게, 광재 더미와 법에게 말이야. 사람을 죽였다고……. 한 번도 아니고 여러 번 찔러서."

"그렇게 생각해?"

그는 순간 생각에 잠긴 듯 보였다. 그녀는 피로한 듯 힘겹게 몸을 일으켰다. 자신들이 서로 하지 말아야 할 대화를 나눈 것 같았고, 어쩐지 주도권을 빼앗긴 듯한 기분이 들었다. 그를 향한 경멸과 노여움, 분노가 지금까지 느꼈던 그 어떤 것과도 닮지 않은 모호한 감정으로 변화하고 있었다.

"갈까?" 그녀가 마음을 다잡으려 일부러 냉담하게 굴었다.

다시 몸을 일으킨 게레가 조심스레 소매를 문질렀다.

"얼룩졌잖아. 그 기둥서방 자식!"

그의 모습이 자기 정부 앞에서 두들겨 맞았을 때보다도 심각해 보였기에, 그녀는 다시금 화가 치밀었다.

"가자니까, 끼는 다른 데 가서 부려."

그가 그녀를 바라보곤 씩 웃었다. "아니, 나 그놈들이랑 마무리 지을 게 있어."

그가 문 쪽으로 몸을 돌리더니 그녀가 뭐라고 하기도

전에 카바레의 문을 열고 사라져버렸다.

마리아는 그를 따라가야 할지도 모른다는 막연한 생각을 애써 지우며, 홀로 문 앞에 서 있었다. 그러다 새벽빛에 뿌예진 검은색 현관에 등을 기댔다. 그녀는 자신의 신경을 긁어대는 내면의 무언가를 누그러뜨리기 위해 깊게 숨을 들이마셨다. 그러다, 바람에서 정말로 좋은 냄새가 난다는 것을 깨닫고는 깜짝 놀랐다.

게레는 바에서 멀리 떨어진 희미한 불빛 속에서 다리를 후들거리며 서 있었다. 그들은 게레가 들어오는 걸 알지 못했다. 바에 팔꿈치를 기댄 적들의 성난 목소리가 그의 귀에 들려왔다. 체크무늬 셔츠를 입은 덩치가 빈정거리자 그 사디스트 같던 건달이 신경질을 내고 있었다.

덩치가 말했다. "그 자식을 때릴 것까진 없었어. 그놈이 전혀 싸울 줄 모른다는 거 너도 알았잖아. 넌 열받으면 좀 치사해진다고."

"내가 열받았다고?"

게레가 이제 '갱스터 지망생'이라고 부르기 시작한 건달의 새된 목소리가 들려왔다. 마리아가 그의 촌스러운 애교머리를 언급하며 한 말이 결국 맞는 것 같았다. '아무튼 예리하다니까.' 게레는 생각하면서, 웃음을 참느라 몸을 들썩였다. 한편으론 다 웃어버리고도 싶었다. 실제로도 진짜 웃겼고…….

말라붙은 피딱지가 코를 틀어막고 있고 여전히 옆구리가 쑤시는데, 도대체 여기서 뭘 하는 거지? 이 시간에 할 짓이 그것밖에 없는 것처럼 그의 이야기를 지껄이고 있는 저 불쌍한 놈들과 말이다. 그는 자신이 화제의 중심이 되었다고 자조하면서, 방금 전까지 문 앞에서 두드려 맞은 남자에게는 어울리지 않는 우쭐한 기분에 빠져들었다. 또다시 얻어맞을 수도 있었다. 여전히 통증이 가시지 않았지만, 그는 용기를 냈다. 이번만은 자신이 뭘 할지, 왜 해야 하는지, 사람들이 그것에 대해 뭐라고 떠들어댈지에 대해 생각하지 않기로 했다. 오직 하고 싶은 일을, 해야 할 필요가 있다고 생각하는 일을 할 생각이었다. 홀가분했다. 그는 생생한 도취감을, 일종의 평온한 고양감을 느꼈다. 그리고 그것이 자유의 감각임을, 단 한 번도 느껴본 적 없음에도 알았다. 빛 속으로 걸어 들어가면서, 그는 자신의 자유가 발길질당하는 것에서 비롯되었다는 게 웃기다고 생각했다.

게레를 가장 먼저 알아본 것은 그를 공격했던 여자

였다. 그녀가 꺄악 소리를 지르는 바람에 다른 이들이 뒤를 돌아보았다. 홀에 있는 사람들은 그들에게 관심이 없었다. 바에는 도어맨과 덩치, 건달 그리고 여자가 전부였는데, 그 점이 게레를 안심시켰다. 이 우스운 싸움을 하는 내내, 그는 명확한 이 세 명의 적들보다도 익명의 얼굴들과 그들의 경악이 더 두려웠던 것이다.

“제기랄, 다시 얻어맞고 싶은 건가?”

입을 연 도어맨과 함께 건달이 바 의자에서 내려왔다. 덩치는 제자리에 앉은 채 머리를 돌려 게레를 바라보았는데, 언뜻 동정의 시선을 보내는 것 같았다.

덩치가 말했다. “이봐, 여기서 뭐 하는 거야? 그만큼 얻어터졌으면 가서 잠이나 자라고.”

순간 당황했던 건달이 사기를 되찾았기에, 게레는 그들이 자신을 계속 우유부단한 놈이라고 생각할 수 있도록 몇 발짝 떨어진 곳에 서서 쳐다보았다.

“아니, 내버려둬. 얻어터지고 싶다는데 도와줘야지. 내가 옷을 좀 아껴서 말이야, 괜찮지?”

겉옷을 벗은 건달이 여자에게 신경질적으로 옷을 던졌는데, 여자가 넋을 놓고 있었기 때문인지 아니면 게레에게 반해서인지 옷이 바닥으로 떨어져버렸다. 욕을 날리려다 시간이 없다고 판단한 그가 권투선수처럼 왼 주먹을 앞으로, 오른 주먹을 얼굴 가까이 들어 보였다. '꼭 영화 같네.' 두 팔을 늘어뜨린 채 몸을 좌우로 가볍게 흔들며 게레는 생각했다. 그는 자신이 이곳에서 수천 킬로미터쯤 떨어져 있는 것 같았다. 한없이, 한없이 나른하기만 했다.

"나 없이 실력 발휘 좀 해봐. 스테판, 말해두겠는데 이번 판은 너 혼자 해결해." 덩치가 말했다.

"나도 빼줘." 도어맨이 말을 얹었다.

그들은 지겹다는 듯 좀 냉담한 분위기였다. 스테판이라고 불린 남자가 믿을 수 없다는 듯 그들을 힐끗 보더니 이내 사납게 돌변했다.

"둘 다 필요 없어. 야, 촌놈, 너 이리 와. 각오는 되어 있겠지?"

"여기." 게레가 고분고분 대답했다.

그리고 게레가 두 발짝쯤 내디뎠을 때, 상대방이 오른 주먹으로 왼쪽 옆구리를, 왼 주먹으로 광대를 가격했으나, 그는 멈추지 않고 상대방의 목을 움켜쥐었다. 게레는 꿈틀대는 무언가를, 부드러운 직물에 감싸인 것을 두 손으로 붙들었다. '더러운 셔츠.' 그가 눈을 감으며 머릿속으로 흐릿하게 떠올렸다. 몸 여기저기로 우박처럼 쏟아지는 주먹질을 받아내면서도, 놀랍게도 하나도 아프지 않았다. 충격은 느껴졌지만 고통은 없었다. 게다가 그가 적과 너무 가까이 달라붙어 있는 바람에 상대방의 주먹이 무르고 부정확한 데다 갈수록 힘도 약해졌다. 그는 단지 너무 요동쳐서 역겹게 느껴지는 그것이 빠져나가지 않도록 두 손으로 무감하게, 서서히 옥죄었다. 싸움은 오래 이어졌다. 끝나지 않았다. 게레는 주먹질이 완전히 멈춘 지금, 거의 지루할 지경이었다. 가까이에서 찢어지는 듯한 비명이 들리고, 약속에도 불구하고 나머지 놈들이 서로 뒤엉켜 그를 뒤에서 잡아당기고, 적으로부터 떼어내려 애쓰고, 여자가 소리를 지르고, 누군가가 맹렬히 그의 몸을 흔들고, 눈앞을 스쳐간 덩치의 체크무늬 소매가 거친 손으로 그의 손가락을 단단히 붙들어 뒤로 꺾으며 붙잡고 있던 더러운 셔츠에서 하나씩 떼어내고 있었다.

게레는 저항했다. 그가 단단히 붙들고 있던 그것이 축 처져 무거워지지만 않았더라면, 미친 듯이 날뛰던 때처럼 힘이 빠진 이후에도 여전히 역겹게 느껴졌더라면 그는 더 오래 버틸 수도 있었다. 싸우는 내내 게레는 포마드 냄새가 진동하는 검고 빛나는 무언가에 얼굴을 파묻고 있었다. 건달의 머리통 말이다. 그리고 거기에서 떨어져나왔을 때 게레는, 이윽고 들려오는 바를 가득 채우는 웅성거림과 누군가의 외침을, 우스꽝스러운 신파극 같은 그 소리들을 들으며 빛 속에 서 있었다. 누군가가 밀치는 바람에 바에 부딪힌 그의 코에서 또다시 피가 흘렀다. 그는 땅바닥에 있는 무언가 위로 분주히 움직이는 사람들을 바라보았다. 게레는 지나치게 반짝이는(조금 전 문 앞에 나동그라진 그에게 수차례 발길질을 해댔던) 앞코가 뾰족한 구두를 보고는 그 무언가가 건달이라는 것을 깨달았다. 덩치가 게레를 문 쪽으로 잡아당겼다. 그가 게레의 손가락을 잔인하게 꺾어버리긴 했지만, 게레가 보기엔 자신을 탓하는 것 같진 않아 보였다. 둘은 머리가 뒤로 넘어간 채 움직이지 않는 적의 팔과 다리를 붙잡고 서둘러 옮기는 낯선 두 남자가 지나갈 수 있도록 길을 비켜섰다. 건달이 지나갈 때, 게레는 그의 목을 가로지르는 흉측한 붉은 자국을 발견했다.

'내가 죽인 모양이네.' 멍하니 바라보며, 게레는 거리낌 없이 생각했다.

문이 열리고, 밖으로 나갔다. 훅 끼치는 아침 공기가 마치 꿈의 일부처럼, 그가 보낸 밤처럼 비현실적으로 느껴졌다.

"죽었어?" 그의 귀에 두려움도, 그렇다고 기쁨도 묻어나지 않는 마리아의 목소리가 들려왔다. "이제 그만 꺼져"라고 말하는 덩치의 목소리가 들려왔다. 손가락이 딱딱하게 굳어 있는 것에 놀란 게레가 손을 주물럭거렸다. 조금 전엔 그가 맞았다. 시골 냄새가 확실했다. 그는 이제 너무나 뚜렷하게 감지되는 그 냄새에 대해서 마리아에게 언급할 수밖에 없었다. 마리아는 피로해 보였다. 아침 햇빛 아래, 이마가 반질반질한 그녀는 어딘가 퉁명스런 분위기였지만, 이번엔 게레가 옳았다는 걸 알았다. 그래서 그가 계속 고집을 부렸을 땐 베어놓은 건초 냄새가 난다고까지 시인할 수밖에 없었다.

게레는 자수가 들어간 다마스쿠스산 침대에 눕자마자 잠이 들었다. 마리아가 신발과 턱시도를 벗기는 것조차 알아채지 못했다. 그는 거의 11시가 다 되어서야 눈을 떴다. 입이 바짝 말랐다. 무엇보다 여기가 어딘가 싶었다. 1930년대식 철제 블라인드 사이로 햇빛이 들이치고 있었는데, 가장 먼저 그의 눈에 띈 것은 창문 옷걸이에 걸려 사람 형상으로 느리게 자전하고 있는 그의 턱시도였다.

마리아의 드레스, 어두운색 바탕에 갈색 핏자국이 두

드러져 보이는 그녀의 옷은 바닥에 널브러져 있었다. 웃통을 벗은 채 낯선 벽에 눈을 둔 게레가 두 손을 목덜미 뒤로 가져가 깍지를 끼고 야회의 잔재들로 얼룩진 어수선한 옷가지들을 난감하면서도 재미있다는 듯 둘러보았다. 간밤에 대해 대수로운 기억은 나지 않았다. 그가 마리아에게 물어보려고 커다란 침대 끝 어두침침한 덩어리 쪽으로 몸을 돌렸다. 그러나 잠든 마리아일 거라 생각했던 것은 어두운 구석에 돌돌 말린 손뜨개 침구 더미일 뿐이었다. 불안해진 게레가 몸을 세웠다. 촉각을 곤두세우고, 어디선가 희미하게 들려오는 라디오 소리를 감지하는 데 성공했다. 마음이 놓인 그가 서둘러 몸을 일으키려는 순간, 신음이 튀어나왔다. 간밤에 누군가가 뼈를 부러뜨린 게 확실했다. 그가 장롱 옷장에 달린 거울로 몸을 비춰 보았다. 구토가 치밀었다. 마리아가 남겨둔 브리프를 제외하고 드러난 상체와 넓적다리가 검게 변한 멍으로 뒤덮여 있었다. 옆으로 보자 오른쪽 코가 붉어진 데다 부풀어 올라 있었고, 윗입술 역시 사정은 마찬가지였다.

끝내주게 치고받은 모양이라고 생각하면서, 그는 만족스러운 듯 미소를 지었다. 거실을 둘러본 그가 걸음을 멈추었다. 러시아산 가죽 소파에 앉은 마리아가 텅 빈 정원을 향해 열린 쪽문으로 몸을 돌리고 있었다. 한 손을 라디오 위에 올린 채, 미동 없이 눈을 가늘게 뜨고서 담배를 피우고 있었다. 게레가 자신을 보지 않는 그녀를 보는 것은 드문 일이었다. 마리아가 꾸민 태도를 보인 적은 한 번도 없었지만 무방비한 모습을 발견하기란 쉽지 않았다. 그것은 드문 일이면서, 그와 함께 있을 땐 짓는 법이 없는 표정이었으므로 어쩌면 비밀스러운 모습 같은 것일지도 몰랐다. 그런 그녀는 좀더 슬프고 상념에 젖어 보였다. 공허한 모습이었다. 게레가 침대 위의 와이셔츠를 주워 걸쳤다. 마리아가 종종 놀려대던 어처구니없는 정숙함 탓이었다.

지직거리던 라디오에서 엄숙하고 슬픈 멜로디의 음악이 흘러나오기 시작했다. 일요일에 걸맞은 음악이라고, 그리고 맨발인 자신의 등장을 우스꽝스럽게 만드는 곡이라고 그는 생각했다. 그리고 실제로도 그를 보며 깜짝 놀란 듯 자리에서 튀어 오른 마리아가 마룻바닥에 발을 디디고 일어나는 게 보였다.

둘은 잠시 서로를 바라보다 예의 바르게 웃어 보였다. 그는 영문을 모른 채 어색함을 느꼈고, 이번엔 그녀도 마찬가지인 것 같았다. 그런데 그녀는 왜 어색해하는 거지?

"다 잔 거야?" 마리아가 물었다. "저런, 꼴이 그게 뭐야. 이리 와, 좀 보게……."

게레는 검사라도 받는 양 그녀 앞에 섰다. 그녀가 셔츠를 벌리더니 그의 늑골과 다리 근육, 견갑골을 사심 없는 손길로 능숙하게 매만졌다. 이따금 다른 곳보다 더 진하게 멍든 부분을 볼 때면, 한숨을 쉬며 "여기 아파? 여기는?" 하고 묻기도 했다. 그는 그녀를 내버려두었다. 기분이 좋았다. 그녀가 이렇게 자신을 돌봐주는 것이 진심으로 좋았다. 엄마 같기도 하고 말 매매상의 손길인가 싶기도 했지만, 아무튼 그건 싸움을 끝낸 사내를 보살피는 여자의 손길이었다. 그리고 이제 완전히 말을 다루듯 그의 옆구리를 때리며 돌려보냈을 땐, 탄식이 절로 나왔다.

"커피 올려놨어. 내 것도 한 잔 가져다줘."

부엌으로 쓰이는 듯한 니켈 도금으로 꾸며진 작은 방에서 게레는 덜덜 떨리는 손으로 커피 두 잔을 따랐다. 손가락 마디가 부어 있는 것을 발견하곤, 어린아이처럼 손가락을 빨다가 부기의 원인을 기억해냈다. 그러자, 손이 커피 잔을 재빨리 내려놓을 수밖에 없을 정도로 심하게 떨리기 시작했다. 그가 벽에 몸을 기댔다. 겁이 났다. 그는 다른 사람의 것만 같은 자신의 커다란 손을 펼쳤다가 다시 쥐었다. 지난밤 자신이 누군가의 목을 죽을 때까지 졸랐는지 아닌지 정확히 기억나지 않았다. 사람들이 자신을 그에게서 떼어내고, 두 남자에게 들려가는 축 처진 팔다리를, 검은 줄이 그어진 목을 봤었는데……. 죽었었나? 기억나지 않았다. 정확히 기억나는 게 하나도 없었다. 물어볼 사람이 마리아밖에 없었지만, 감히 할 수 없었다. 단지 돈 때문에 무고한 사람을 열일곱 방이나 찔러 죽인 남자라면, 자신에게 시비를 건 악당을 반쯤 죽였든 아예 죽였든 걱정하지 않을 거였다. 그런 건 논리에 맞지 않았다. 말이 안 되지……. 그는 다리를 후들대며 거실로 돌아가 마리아 앞에 잔을 내려놓았다. 그러고는 그녀의 시선을 피해 정원 쪽으로, 그러니까 정원 구실을 하는 자투리 땅으로 가 몸을 기울였다. 이제 막 갈아엎은 땅은 폭 3미터에 길이가 2미터쯤 되어 보였다. '정확히 무덤 하나 크기군.' 병적인 반응을 보인 그가 마리아를 향해 큰 소리로 말을 하기 시작했다.

"당신 여기에도 뭔가를 심을 생각이야? 뭘 심을 건데? 스위트피는 어때? 나 스위트피 엄청 좋아하거든……."

그녀가 멀찍이서 땅의 방향에 대해, 부식토와 비료, 식물의 생장에 대해 설명하는 동안, 게레는 블라인드에 몸을 숨겼다. 그러곤 마치 범죄의 증거가 될 만한 게 있기라도 한 듯 자신의 손과 셔츠와 팔을 살펴보았다. 마리아의 목소리가 음악을 넘어, 갑자기 매우 또렷하게 들려왔다.

"있잖아, 오늘 아침 라디오 릴을 들었는데 말이야. 간밤에 릴에선 별일 없었던 모양이야. 약국 하나가 털리고 구멍가게에 불이 난 것만 빼면, 평화로운 밤이었다더라고. 듣고 있어? 대답 좀 해."

게레는 안도감에 눈을 감았다. 무관심한 척 대답하기까지 시간이 좀 걸렸다.

"그래그래, 듣고 있어. 릴에 별일 없었다며." 그가 다시 거실로 들어서며 확신에 찬 목소리로 덧붙였다. "확실히, 스위트피가 아주 예쁠 거야."

마리아는 거실을 가로지르며 기분 좋은 목소리로 말하는 그를 주시했다.

"장미 욕조에서 멍 좀 씻어내야지." 게레가 웃기지 않는 농담을 하며 웃었다.

그녀는 내내 걱정이 스민 눈으로 그를 좇았다.

와이셔츠 안에 스카프를 두르고 오픈카를 몰고 온 상송 공장의 후계자인 프랑시스는 아버지에게 파리의 나이트클럽 말고 공장 일에 좀더 신경 쓰라고 들볶이고 있었다.

그날 점심 무렵, 공장 안마당을 지나던 이 젊은 댄디가이가 게레를 발견하고 뜻밖의 친근한 어투로 인사를 건넸다. "잘 지내나, 게레?" 게레가 일전에 분노의 펀치를 날린 것에 무척이나 즐거워했던 회계과의 젊은 말단 직원 모리스가 어리둥절해하는 게레를 보고 웃었다.

"게레 씨, 상송 2세가 게레 씨에게 호감을 갖는 이유가 뭔지 아세요? 이게 다 모샹 때문이라고요."

"모샹 때문에……?"

게레는 전혀 이해할 수 없었다. 최근 몇 주간 인생이 이상한 방향으로 흘러가긴 했지만, 그에게 공장은 여전히 최고의 권위를 지닌 불멸의 것, 즉 국가나 다름없었다.

"모샹이 당신에 대해 엄청나게 불평을 해댔거든요, 저 상송 2세한테요! 그러니까……. (얼굴을 붉힌 젊은 사무원이 고개를 숙였다.) 당신의 하숙집 여주인에 대해서 말이죠." 마침내 그는 낮은 목소리로 그 말을 꺼내고야 말았다. "그 여자가 당신보다 훨씬 나이가 많다면서, 당신이 정상이 아니라고 하더라니까요. 그런데 아세요? 상송 2세한텐 마흔다섯 살짜리 정부가 있는 거. 모샹이 제 발에 걸려 넘어진 거죠. 정년 퇴임을 앞둔 르이되의 후임을 노렸는데, 물 건너갔다고요."

게레는 그것이 즐거운 소식인 것과는 별개로 이 반전을 마리아에게 들려줘야겠다는 생각은 조금도 들지 않았다. 그녀는 공장에 관한 건 죄다 지루해했기 때문이다. 반면 정원 일이라면…….

그는 밤마다 마리아의 정원 일을 돕기 위해 전속력으로 퇴근하곤 했는데, 그날은 그가 도착하기도 전에 이미 작업 중이었다. 그녀는 게레와 뒤따라온 개를 보고는 손짓으로 인사를 하는 둥 마는 둥 했다. 그녀를 힐끗 본 게레는 가만히 있는 편이 낫겠다고 판단했다. 10분쯤 삽질을 하고 있을 때, 그녀가 그를 불렀다.

"저기, 내가 말을 안 했는데, 질베르에게 편지를 받았어. 한 달 후에 그 마르세유 놈이 돈을 들고 여기로 올 거야."

몸을 일으킨 게레가 등을 두드리며 말했다. "한 달이라고?" 그가 웃으며 덧붙였다. "그럼 당신 꽃 얼마 못 보겠다. (그가 땅에 흩어져 있는 새싹들을 가리켰다.) 기껏해야 일주일이겠는데!"

그녀는 생각이 다른 곳에 가 있는 듯, 대답하지 않았다. 마리아의 침묵에 용기를 얻은 그가 말을 이었다.

"우리 집어치울까? 이거 다 쓸모없어. 꽃들을 가지고 떠날 것도 아니잖아……."

"난 바로 이것만을 원해." 그녀가 건조하게 말했다. "이 쓸모없는 것 말이야. 그리고 하기 싫으면 안 해도 돼, 강요하는 사람은 아무도 없으니까."

그녀가 삽을 다시 땅에 꽂았다. 어깨를 으쓱해 보인 게레가 따라 하려는데, 마리아가 그에게로 몸을 돌렸다.

"하긴, 당신 말이 틀린 건 아니네. 꽃들은 사랑에 목을 매지. 자기들을 좋아하지 않는 걸 알아차리거든. 당신이 꽃들을 다 죽일지도 모르겠어. 차라리 오토바이로 제리에

네 가게에 가서 와인 좀 찾아와. 들른다는 걸 깜박했어."

마음이 가벼워진 게레가 어벌쩡 항의하는 척하려다가 삽을 내려놓았다.

"왜 내가 죽일 거라고 생각하는지 모르겠네. 얘들은 오히려 날 좋아한다고."

"왜인지 모르겠어?" 그녀가 냉소적인 어투로 대답했다.

그러나 이미, 그는 오토바이에 올라타 도로로 들어서고 있었다. 길모퉁이에서 다른 오토바이를 전복시킬 뻔했는데, 루소 부인의 오토바이로, 그녀는 마리아가 웃어주고 안부를 묻는 유일한 이웃이었다. 여자가 날카로운 비명을 지르며 브레이크를 걸었다. 미친 듯이 경적을 울리며 마리아가 있는 곳까지 미끄러지는 사이, 게레는 저만치 멀어지고 있었다.

"아니, 저런……." 루소 부인이 땅에 발을 내려놓으며 말했다. "당신 하숙인 때문에 간 떨어질 뻔했어요. 다리가 다 후들거리네……."

"좀 거칠어요." 마리아가 짧게 응했다.

이마의 땀을 닦은 루소 부인이 용기를 내어 육중한 몸을 다시 오토바이 안장 위에 올렸다.

"거칠지만 착한 청년이죠." 그녀가 마리아의 말을 바

로잡았다. "그래도 밤낮으로 꽃들을 보살피던걸요. 보름 전에 당신이 외출했을 때 말이에요. 꽃에 물 주는 걸 내 집에서 봤거든요. 그렇게 나쁜 하숙인은 아니에요. 아무렴요. 아무튼, 갈게요!"

그러더니 삽을 손에 쥔 채 어리둥절해하는 마리아를 내버려두고 떠나버렸다. 그녀는 여자가 떠난 쪽과 그가 돌아올 길을 번갈아 바라보았다. 대문에 걸려 있는 레인 코트와 꽃들에게 차례로 시선을 던졌다. 무거운 정원용 나막신과 머리에 두르고 있던 검은색 스카프를 천천히 벗고, 집 안으로 들어갔다.

걸어가면서 앞치마를 벗어 벽난로 모서리에 걸어둔 그녀가 벽장에서 유리잔 하나와 식전에 주로 마시는 드라이 마티니 한 병을 꺼내 한 잔 가득 따랐다. 상념에 잠겨, 곧 한 잔을 더 따랐다. 그녀는 잔을 들고서 가스레인지로 다가갔다. 마지못해 한다는 듯 쳐다보지도 않고서 나무 스푼으로 냄비를 휘저었다. 그녀의 시선이 벽을 따라 못으로 고정해둔 할인마트의 거울로 이어지다, 거울 속 자신과 눈이 마주쳤다. 꼼짝없이, 그 자리에서, 마리아는 차갑고 조금은 적대적인 얼굴로 자신을 대면했다. 스푼을 내려둔 손이 턱으로, 머리카락으로 올라갔다. 간단한 동작으로 풍성하게 볼륨을 만들어보았지만, 거기엔 눈에 띄는 흥미도 열의도 없었다. 꼼짝하지 않고 아득히 머물러 있는, 권태와 무관심 그 자체인 얼굴이었다. 그러므로 오만한 눈꺼풀 아래 맑고 단단한 눈에서 너무나 둥글고 응축된 눈물이 아무런 전조 없이 연달아 솟아올랐을 때, 그녀가 느낀 감정은 괴로움이 아닌 놀라움일 수밖에 없었다. 그녀는 귓가에 오토바이 소리가 들려올 때까지 흐르는 눈물을 바라보았다.

팔엔 바구니를, 발뒤꿈치에는 개를 달고 집 안으로 들어온 게레가 평소와 마찬가지로 가스레인지를 향해 몸을 숙이고 있는 마리아의 등을 발견했다. 그가 바닥에 바구니를 내려놓으며 개를 불렀다. 개는 주방 출입이 금지되어 있었지만, 이미 세 걸음이나 들어와 있었다. 너무나 유혹적인 그곳의 가장자리에서 마리아를 향해 귀를 쫑긋 세웠다.

"이리 와." 게레가 말했다.

개는 마리아를 바라보며 그녀가 '저리 가!'라고 말하기를, 그리고 손짓으로 남자를 시켜 자신의 목줄을 쥐고 이 천국으로부터 추방시키길 기다리고 있었다. 그러나 그녀는 아무 말도 하지 않았다. 언제나처럼 덜거덕거리는 소리를 내지도, 뒤를 돌아보지도 않았다. 몸이 달은 개가 반쯤 포복한 자세로 한 발짝씩 내디뎌보다가, 이내 부엌을 가로질렀다. 마리아의 발밑에 엎드려 귀를 젖히고, 일단 꼬리를 흔들어보았다. 내내 등을 돌리고 있던 마리아가 개에게 말을 걸었다. 처음 있는 일이라는 생각에, 게레는 뛸 듯이 기뻤다.

"오 이런, 잘 지냈니? 한 달 전까진 길에 있더니……. 일주일 전엔 정원에, 언제는 현관으로 오더니, 오늘은 부엌까지 들어왔네, 배짱이 대단한걸!"

개가 낑낑대며 기쁜 듯이 꼬리를 흔들었다. 마리아가 몸을 숙여 개의 머리를 쓰다듬었다. 그녀가 쭈그리고 앉자, 개가 그녀의 얼굴을 핥았다.

"그사이 살이 쪘네. 털도 좋아지고, 기분도 좋아 보이고. 너, 주인을 찾다니 성공적인걸."

"나도 그런 것 같은데……." 게레가 우물쭈물 말했다.

그러나 마리아는 대꾸하지 않았다.

잠시 뒤, 그들은 식탁에 둘러앉았다. 전깃줄 끝자락에서 갓 없는 전등이 흔들리고 있었다. 게레가 펼쳐놓은 아프리카 지도의 한 점을 손가락으로 가리키며 말했다.

"여기 봐. 난 배짱 좋은 놈들 한 열 명 데리고 여기다

세상에서 가장 멋진 목재 공장을 세울 거야. 우선 가격을 확 낮춘 다음에……."

"나는 커다란 유곽을 만들 거야." 마리아가 즐거운 듯 말했다. "전면엔 백인 여자들이 가득하고 그 뒤론 이국적인 꽃들로 가득 찬 거대한 온실이 있는 그런 곳 말이야."

"그럼 나는 밤이면 내 일꾼들이랑 가서 여자도 보고 꽃도 보고 해야겠는걸." 게레가 웃으며 말했다. "물론 난 한 여자만 바라볼 거지만."

둘은 이번엔 완전히 의견 일치를 본 듯 가만히 지도를 바라보았다. 분위기를 감지한 개가 마리아의 무릎 위에 머리를 올린 채 더는 움직이지 않았다. 작고 볼품없는 정원으로 난 창은 닫혀 있었다. 바깥엔 광재 더미밖에 없었지만, 여름 기운이 느껴졌다. 와이셔츠 차림의 게레가 창 너머 광재 더미를 바라보았다. 누군가 그들을 본다면 클럽메드‡를 꿈꾸는 행복한 중산층 커플이라고 믿을 만한 모습이었다.

그렇게 목가적인 일주일이 지났다. 주말이 돌아오자

‡ Club Med, 1950년에 설립한 프랑스의 글로벌 리조트 기업.

게레는 새 턱시도를 입고 옹그루아 가 저택 거실 한가운데에 서 있었다. 턱시도는 맵시 있었지만 언제나처럼 소매 길이가 조금 짧았다. 그는 전에 없이 치장하기 좋아하는 여자라도 된 양 욕실에서 나올 기미가 보이지 않는 마리아를 기다리며, 풀 먹인 옷깃의 단추를 힘겹게 채우느라 어기적거리고 있었다. 거울 앞에 선 게레가 나비넥타이를 맸다. 나쁘지 않아 보였지만, 조금씩 열의가 식어가고 있었다. 간신히 하품을 참았을 때, 욕실 문이 열렸다.

거실로 들어서는 마리아의 손엔 왼쪽 구두 한 짝이 들려 있었다. "오늘 밤은 너무 귀찮아. 이 신짝이 매번 못 살게 군다니까? 괜찮으면……."

검은색 호박단 치마를 입은 그녀가 자리에 앉아 나머지 신발을 벗더니, 갑자기 밝은 표정으로 발을 주물럭거리기 시작했다.

"파티 다녀와, 자기. 난 못 가니까 혼자 가. 난 여기서 TV나 《라 프티트 일뤼스트라시옹》‡을 볼 테니까. (가짜 마호가니 책장에는 전쟁 전에 발간된 잡지 더미가 있었다.) 돈 가져가서 젊은 남자 티 좀 내봐. 그게 당신에게도 좋아."

‡ La Petite Illustration, 1913년부터 1939년까지 발간된 문학 주간지.

"땡잡았군!" 게레가 나비넥타이를 끄르고 셔츠 단추를 풀며 소리쳤다. "나도 오늘 밤 나갈 생각으로 진저리가 났는데!"

"원래 그래." 마리아가 격언을 읊듯 냉소적으로 말했다. "토요일 밤의 파티란 월요일 아침의 공장 출근과 같은 거야. 예정되는 순간 아주 귀찮아지거든." 그러더니 갑자기 격분했다. "그런데, 그런 줄 알면서 카바레에 가려고 했어? 지난 토요일에도, 그전 토요일에도 갔으니까 다음 토요일에도 그래야 한다는 이유로? 왜 가기 싫다고 말하지 않은 거야?"

"당신이 좋아하는 것 같았으니까." 게레가 곤란한 듯 어정쩡하게 입을 열었다.

"그래서? 가기 싫었으면 그냥 말하면 되잖아. 나 혼자 갈 수도 있는 건데. 당신한테 이미 말했잖아, 난 귀찮기만 하다고."

흥분한 그녀가 화를 내기 시작했다. 자신이 물렁물렁하고 위험하고 알 수 없는 무언가에 부딪힌 것 같았다.

"그래, 하지만 당신은 당신이잖아." 게레가 지친 목소리로 대답했다. "당신이 더 현명하니까……"

그녀는 그의 말이 끔찍하리만치 선의에서 나온 발상

이라는 것을 알았다. "다행이네." 정면에 보이는 소파에 다리를 뻗으며 입을 연 그녀는 진실을 피해간 것에 안도했다. 유일하게 알 수 있는 진실에 가까운 설명, 그것은 게레가 그녀를 기쁘게 해주기 위해 외출을 감행한 것이라는 거였다. 그녀라면 불가능했을 노력 말이다.

얼마 뒤, 최신 무어 스타일로 꾸며진 사랑의 보금자리에서 둘은 늘 보던 종이 위로 머리를 맞대고 있었는데, 이번엔 잠옷을 입은 채였다. 마리아가 어설프지만 뜻밖의 재능으로 그린, 독이 있는 기이하고 커다란 꽃이 그려진 종이들이 하바나산 카펫 위에 흩어져 있었다. 그 옆으로 열대목과 운송 비용에 대한 복잡한 수식이 적힌(게레가 빨강, 노랑, 파랑, 세 가지 색연필과 자, 모눈종이를 이용해 계산한) 종이가 있었다. 얼핏 보기엔 신중하고 유능한 회계원의 완전무결한 계산이었지만, 마리아가 눈썹을 찡그리고 하나하나 따진다면 걱정할 만한 것이었다. 그러나 어찌되었든 둘은 처음으로 '앙상블'을 이루고 있었고, 동등한 동료로 보였다. 마리아는 야자수와 강, 창가에는 창녀들이 있는 초등학생이 그린 듯한 네모난 집을 그려 마침내 게레를 웃게 만들었다. 그리고 레비탕 탁자 위에 놓인 황동과 크롬으로 된 1930년대산 램프 아래서, 너무도 어울리지 않는, 그리고 너무나 근면한 두 연인은 해가 뜰 때까지 사치스럽고 성공으로 가득 찬 끝없는 계획에 몰두했다.

여름의 첫날[‡]이었다.

'확실히 모든 건 동시에 일어나는 법이지.' 정원을 가로지르다 하룻밤 사이 갑자기 개화한 마리아의 꽃들을 보며, 게레는 생각했다.

이런 자각은 방에 들어서자 그를 기다리고 있는 풍경으로 확고해졌는데, 마리아가 개와 함께 게레의 침대에 누워 있었던 것이다.

"그 개자식, 결국 끝장났어." 게레가 웃으며 레 트루아 나비르 카페에서 비싼 돈을 주고 사온 샴페인을 마리

‡ 하짓날(6월 21일~22일)을 말한다.

아 앞에 의기양양하게 흔들어 보였다.

"그게 무슨 말이야?" 그녀가 미동 없이 물었다.

"내가 회계과 과장이 되었다고." 게레가 자기 말의 효과를 음미하느라 느리게 답했다. "모샹이 르이되의 후임으로 내정되어 있었거든? 하, 그런데 그가 어떤 남자의 심기를 건드려서 해고됐어. 그리고 그 결과, 이 게레가 회계과의 과장이 된 거야! 스물일곱 살에 말이야!"

마리아는 빛을 등지고 있었다. 그는 그녀의 얼굴을 알아볼 수 없었고, 그래서 그녀가 낮은 목소리로 무언가를 말했을 때에도 아무것도 알아채지 못했다.

"아, 그래? 그럼…… 한잔해야겠네. 내려가 있어. 나도 곧 갈게."

침대에서 뛰어내린 개가 곧장 그를 따라 내려갔다. 온몸을 흔들며 게레와 함께 마리아를 기다렸다. 그녀가 늑장을 부리는 것 같았다. 실제로 마리아는 그들이 방을 나가자마자 몸을 일으켰었다. 벽에 붙은 열대지방의 야자수와 해변 포스터를 믿을 수 없다는 듯이 바라보다가, 본능적으로, 훔친 보석들을 놓아둔 난로로 시선을 옮기기까지 했다. 그러나 내려가 게레가 준비해둔 샴페인 잔 앞에 앉을 땐 평온한 얼굴로 돌아와 있었다.

게레가 곧장 그 이야기를 다시 꺼냈다. "알겠어? 단번에 두 계단이나 올라갔다고. 다음 달부턴 월급이 3,500프랑에서 4,300프랑이 될 거야. 그럼……"

"내가 이해한 게 맞는다면, 승낙했다는 거네." 마리아의 목소리는 여전히 단조로웠다.

게레는 어처구니가 없었다. 이 여자가 도대체 무슨 생각을 하는 건가?

"당연히 받아들였지. 장난해? 상송을 벌써 4년이나 다녔어. 승진을 기다린 게 4년이라고……. 당연히 승낙했지! 장난해?" 광분한 그가 같은 말을 반복했다.

마리아가 여전히 멍한 상태로 말을 이었다. "그런데, 당신 회사에 과장 노릇은 몇 주밖에 못 한다고 말했어? 세네갈로 사업하러 간다고 말이야. 미리 말해야 하는 거 아니야?"

게레가 입을 벌린 채 그녀를 바라보았다. 그리고 해서는 안 될 말을 하고 말았다.

"이상하다…… 그 생각을 못 했어……"

마리아는 그가 정말 '생각'하지 않았다는 걸 그를 보면서 깨달았다. 그녀는 그 단순한 발상에 화가 폭발했다.

"당신은 그 사람들에게 자기들의 새 과장이 지난달

에 노인을 열다섯 번이나 찔러 죽였다는 것도 말할 생각을 못 한 거지? 아, '열일곱 번'이었지, 실례했네요, 과장님! 죽여서 빼앗은 돈으로 식민지의 목재 공장을 살 거라고 말할 생각을 못 한 거겠고. 상송 회사의 회계과 과장이 도둑에 살인자였다는 걸 말이야. 그럼 도대체 당신은 무슨 생각을 한 거지?"

그녀가 증오와 경멸의 눈빛으로 그를 바라보았다. 그에게 전쟁을 선포했던 그날의 눈빛 같았다. 그녀는 더 이상 옹그루아 가의 마리아가 아니었다. 더는 공모자도 아니었다. 그녀는 그의 적이자 심판자였다. 너무도 형형한 그녀의 경멸에, 게레는 공격을 피하듯 자리에서 일어났다.

"내가 왜 그랬는지 모르겠어……." 그가 웅얼거렸다. "머리가 하얗게 돼서…… 기억이 안 났어. 당연히 말할 거야……. 들어봐, 두 달의 과장 경험이 목재 공장 일에도 도움이 될 거라고. 내가 아직 모르는 요령 같은 거 말이야. 그렇게 되면……."

그가 당황했다. 그리고 그녀는 어떤 안도감과도 같은 기분을 느끼며 당황하는 그를 바라보았다. 게레의 수상쩍고 위험스러운 면모, 그녀가 존경하고 거의 사랑하기까지 한 살인자나 싸움꾼으로서의 모습은 사라져버렸고, 선량한 시민이자 근면한 4년차 회계원의 면모가 드러난 것이다. 그리고 그의 초라한 야망은 그녀가 스스로에게 증명할 필요가 있었던 얼핏 본 이 사랑의 어리석음과 부질없음의 증거이기도 했다.

"내일 말할 거야." 게레가 열렬히 주장했다. "못한다고 말할 거라고. 떠날 거니까. 그래, 할 수 없어……" 그가 허둥댔다. "그런 의미로 내일 축배를 들자."

"축배!" 마리아가 웃기 시작했다. "축배라…… 그래, 파티는 내가 열어주지. 릴에서! 내가 샴페인을 살게. 이번엔 주말이 아닌 게 좋겠어."

전화기 쪽으로 다가간 그녀가 수화기를 들었다. "보네 씨? 비롱이에요. 당신 이웃이요. 제가 당장 릴에 가야 하는데, 아직 택시 일 하시죠? 그럼요, 기다릴게요."

전화를 끊은 그녀가 게레를 향해 몸을 돌렸다.

"위층으로 가서 내 옷장에서 돈 좀 가져와. 모두 다. 오늘 밤은 당신 때문에 돈깨나 들지도 모르겠으니까." 그녀가 '당신'에 힘을 주며 말했다.

택시가 도착했다. 저자세가 몸에 밴 운전사는 자신의 이웃에게 이 엄청난 지출의 이유에 대해 물어볼 엄두를 내지 못했다.

그녀가 곧장 입을 열었다. "앞에 타, 몸 안 좋잖아." 그러고는 게레를 앞좌석으로 밀며 덧붙였다. "난 담배도 너무 많이 피우고, 혼자 앉는 게 편해."

뒷좌석에 앉은 그녀는 그가 출근 때마다 입던 구겨진 양복보다도 추레한 정원용 작업복을 입고 있었다. 게레는 간간이 불안한 눈빛으로 뒷좌석을 쳐다보았지만, 마리아의 옆모습밖에 확인할 수 없었다. 차창 쪽으로 내민 굳은 옆얼굴과 뒷 유리창 너머, 마치 그녀의 눈에 띄는 것이 무섭다는 듯 몸을 젖히고 달아나는 포플러 나무 가로수밖에는.

복잡한 설명을 늘어놓으며 택시비를 계산하는 그를 내버려둔 채, 그녀는 '그들의 보금자리'에서 100여 미터 전에 차에서 내렸다. 그리고 한 시간 뒤에야 게레는 검은색 드레스를 입고서 거실에 서 있는 그녀를 볼 수 있었다. 실내엔 서늘한 기운이 감돌았지만, 턱시도를 입은 그의 몸에서 땀이 줄줄 흘렀다.

"택시 불러. 10시네, 이제 나가자. 르 바타클랑으로 갈 거야."

르 바타클랑은 첫날 밤, 일이 잘못 돌아간 그날 밤에 갔던 카바레였다. 그 뒤로 그곳에 다시 간 적은 없었다.

게레는 얼굴을 구겼다.

"왜 하필 거기야? 기억 안 나?"

그녀가 말을 잘랐다.

"내가 지금까지 제일 재미 본 곳이 거기니까." 거친 말투였다. "그 자식들도 소식 들으면 좋아라 할걸."

그가 용기를 내어 말했다. "새로운 곳을 시도하는 건 싫어?"

그녀가 대꾸조차 하지 않자, 그가 맞서기 시작했다.

"여기서 뭘 하자는 건지 모르겠어. 택시에선 이런 이야기 하고 싶진 않았는데, 하지만 포기했잖아……. 승진하지 않겠다고 약속했잖아……. 이럴 필요 없다고. 난 거기 안 가."

"난 당신 승진을 축하하고 싶은 거야, 단둘이서." 마리아가 미소 지어 보였다. "잘 들어, 게레." (그리고, 그녀가 자신의 성을 부를 때마다 사태가 심각했던 것을 아는 그는 피가 얼어붙는 것만 같았다.) "내 말 잘 들어. 당장 나랑 같이 가지 않으면, 난 당신 다시 안 봐. 여기에도 내 집에도 발도 못 들이게 할 거야. 다시는, 알아들어? 다시는!"

그가 입을 다물고 고개를 끄덕였다.

다행히도 사람이 붐비기엔 너무 이른 시간이었다. 당연히 악단이 있었고, 그 밖엔 두 연인과 나이 든 커플 하나, 호스티스 둘(그러나 '그 여자'는 아니었다), 그리고 건달의 친구가 있었다. 두 번째 싸움에서 그를 관대하게 대해 주고 상대의 목을 움켜쥔 게레의 손가락을 떼어낸 남자 말이다. 둘을 가장 먼저 알아본 것도 바로 그였다.

"뭐야…… 당신들 여길 또 온 거야?"

그는 몹시 놀란 듯 보였지만 적대적이진 않았다. 두 여자와 세 명의 손님이 몸을 돌려 조심스레 그들을 주시했다. 위풍당당하게 세 걸음을 옮긴 마리아가 커다란 검은색 가방을 바 위에 올려놓았다.

"네 썩어빠진 친구는 여기 없나 보지? 안됐군. 오늘 밤 술을 사려고 했는데, 그 알 카포네는 확실히 운이 없네. '내가' 술을 쏘지! 모두에게 샴페인을 돌려요." 그녀가 가방에서 500프랑짜리 지폐 두 장을 꺼내 바 위에 올려놓으며 바텐더에게 말했다. "내 큰아들이 상송 공장의 회계과 과장님이 됐답니다."

그녀가 얼굴이 새빨개진 채 따라오는 게레와 테이블에 자리를 잡는 동안, 장내에는 머뭇대는 기류가 흘렀다. 여자 하나가 히죽거리자, 다른 여자가 입 다물라는 듯 팔꿈치로 쿡 찔렀다. 절반은 불편해하고 절반은 환영하며 (결국엔 샴페인이 넘쳐흐를 게 자명했기에) 저마다 고마움의 표시로 마리아를 향해 가볍게 건배하며 샴페인을 마시기 시작했다. 잔을 들어 화답한 그녀가 술을 들이켜고 다시 잔을 가득 채웠다. 술잔을 비우는 내내 말이 없는 그녀를, 게레는 경직된 모습으로 지켜보았다. 그녀는 바텐더에게 그들이나 다른 테이블의 빈 아이스 버킷을 턱짓으로 가리키면서, 한 시간이 넘도록 그렇게 술을 마셨다.

악단은 당연히 그녀가 좋아하는 곡들을 연주하기 시작했다. 유행이 지난 곡들, 전쟁 이후로 들어본 적 없는 곡들이었다. 뒤늦게 나타난 손님 몇몇이 바텐더에게 상황을 전해 듣고는 마리아의 눈짓과 고갯짓만으로 곧장 초대되었다. 그들은 뜻밖의 공짜 샴페인에 기뻐하며 둘을 호기심 어린 눈빛으로 보았는데, 정작 둘은 아무런 대화도 나누지 않고 있었다. 마리아에게 매료된 사람들이 취해 흥청대며 점차 그녀의 테이블로 다가오기 시작했다. 처음엔 피아니스트가, 그다음엔 건달의 친구인 덩치가, 마지막으로 호스티스인 롤라가 와서 앉았는데, 수척한 얼굴에 비쩍 마른 그녀는 모든 카바레에 하나쯤 있는 울상의 인기 없는 호스티스 중 하나였다.

몇 안 되는 모두가 마법에 걸린 듯 마리아를 주시했다. 그녀는 눈길 한번 주지 않고 술을 마셨다. 자정 무렵, 첫째 날의 그 위험한 여자, 원흉의 시작이었던 그 작달막한 호스티스가 만취한 채 나타나지만 않았더라면, 마리아는 거나하게 취할 수도, 큰일 없이 이 밤을 마무리 지을 수도 있었을 것이다. 도어맨과 몇 마디를 나눈 호스티스가 둘의 테이블을 향해 직진했다.

"또 만났네요." 여자가 눈길조차 주지 않는 마리아와 그러려고 애쓰는 남자, 게레를 향해 살살거렸다.

아랑곳하지 않고 가까이 다가온 여자가 게레의 옷소매를 잡아당겼다. "자기야, 이제 춤 안 춰? 표정이 왜 그 모양이야……. 우리, 춤추러 가자!"

그가 졸라대는 여잘 데리고 자리에서 일어났다. 여자가 댄스 플로어에서 서투르게 스텝을 밟는 그에게 쉴 새 없이 질문을 퍼부어댔지만, 게레는 오직 저 멀리, 이따금 그들을 스치고 지나가는 마리아의 안개처럼 희미한 시선에만 신경 쓰느라 그녀의 말이 귀에 들리지 않았다. 그리고 음반이 다 돌아갈 무렵, 그들이 다시 자리로 돌아가려는 순간, 갑자기 마리아의 목소리가 터져 나왔다.

"이 고삐 풀린 망아지야." (장내가 찬물을 끼얹듯 조용해졌다.) "촌놈과 재회해서 만족해? 아, 당신 알고나 있는지 모르겠군."

돌아온 여자와 게레가 자리에 앉으려고 하자, 마리아가 손짓으로 가로막았다.

"좀 보게 서 있어. 참 예쁜 커플이야……. 그래도 과장님이 창녀와 결혼할 수야 있나……. 안됐네, 가여운 것."

여자는 뭐라 대꾸하려 했지만, 어쩐지 마리아가 가리키는 '창녀'라는 말에서 자신을 모욕하려는 기색이 전혀 느껴지지 않았기에 잠자코 있었다.

"아무도 안 알려줬어? 모르는 거야?" 마리아가 놀란 기색인 여자 앞에서 말을 이었다. "여기, 내 큰아들 게레가 상송에 다닌 지 4년 만에…… 상송 공장 알지? 카르뱅에 있는…… 아무튼 과장이 됐다니까! 놀랍지 않아?"

모두가 샴페인에 취해 마리아에게 고마움을 느끼고 있다는 것을 감지한 여자는 감히 대들지 못했다. 대신 한 발에서 다른 발로 스텝을 밟듯 움직이며, 하얗게 질린 얼굴로 돌처럼 굳어 있는 자신의 댄스 파트너인 게레를 향해 몸을 돌렸다.

"당신 이분 엄마라고 하지 않았잖아." 여자가 게레를 나무랐다. "나한텐 숙모라며!"

그녀의 목소리가 찌를 듯 날카로웠다. 이후 마리아의 자애로운 목소리가 이어졌기에 게레는 분노한 시선 열 쌍의 표적이 되고 말았다.

"그래요. 내 아들은 이 어미를 부끄러워하니까요. 예전부터 말이죠." 울상인 호스티스에게 말을 건네자, 그녀가 동정하듯 마리아의 손을 잡았다. "이제 월급도 3,500프랑에서 4,300프랑인가, 3,300프랑에서 4,500프랑인가로 오른다고 하는데, 나에겐 더 나쁜 일이에요. 더는 저 애를 볼 수 없을 테니까요……." 마리아가 씁쓸하게 웃으며 덧붙였다.

"그럴 리가요, 당연히……."

공짜 샴페인에 마음이 느슨해진 덩치가 게레를 전처럼 흉폭하게 노려보았다.

"당연히 엄마를 보게 될 거요. 내가 엄마 생각나게 해줄 테니!" 그가 훌쩍이는 취객들을 향해 선언했다.

"근데 쥐꼬리만 한 돈인걸, 4,500프랑이라니!" 호스티스가 소신껏 지적했지만, 주위 테이블에서 쏟아지는 동정의 말들에 묻히고 말았다. "자기 엄말 싫어하는 애들은 공동묘지가 제격이지." 악단의 단장이 높은 목소리로 말했다. "난 이 짓 하면서 온갖 일을 다 하게 되더라도 우리 엄마가 아닌 척 감추려고 하진 않을 거예요." 울상의 호스티스가 단장을 향해 맹세하자, 바텐더마저도 그 불량배 같은 머리통을 끄덕였다. 그리하여 마리아가 다시 입을 열었을 땐 모두가 곧장 입을 닫았다. 그녀는 '슬픔에 젖은 성모상' 행세를 하는 동안 몇 번인가 냉소적인 말투로 돌아가기도 했지만, 게레를 제외하고는 누구도 그것을 알아챌 수 있는 상태가 아니었다.

"아마 결혼도 하고, 아이도 낳고, TV도 사고, 예순이 되면 은퇴도 하겠죠. 일이 잘 풀리면 그때쯤엔 별장 하나 살 만큼은 돈을 모으지 않을까요?" 그녀가 감탄조로 말을 이었다. "그리고 저는 좀 외로워지겠지요. 하지만 저 애를 생각하면 행복할 거예요! 저는 아들에게 삶에 필요한 것들을 가르치려고 노력했답니다. 정직, 원칙, 뭐 그런 것들 있잖아요. 하지만 애정이란 가르칠 수 있는 게 아니에요. 당연해요." 그녀가 점차 커지는 취객들의 탄식을 제압하며 덧붙였다. "아이들은 모름지기 제 날개로 날 줄 알아야 하는 법이니까요. 그런 의미에서 내 아들은 높이 나는 데 성공했다고 할 수 있겠죠."

(마리아가 일순 어쩔 줄 몰라 하는 게레를 주시했다. 생생하게 즐거움을 느끼는, 흉폭한 눈빛이었다.)

첫날과 마찬가지로, 게레는 르 바타클랑의 샌드백이 되어 있었다. 첫날처럼 그는 야유와 적의에 둘러싸이게 되었지만, 이번에 자신을 짓밟는 이는 자외선에 그을린 갱스터 지망생이 아니었다. 바로 마리아가, 사람들 앞에서 자신을 십자가에 못 박으며 즐기고 있었다.

"그만해." 게레가 테이블 위로 몸을 숙이며 말했다. "이제 됐으니까, 돌아가자. 충분하잖아……."

그런데 비열한 연기를 이어가던 마리아가 맞을까 봐 겁이 난다는 듯이 팔을 들어 얼굴을 가렸다. 주변이 크게 술렁였다. 덩치가 자리에서 일어나더니 에피날 판화에나 등장할 법한 영웅적 포즈로(게다가 변두리 '주류'의 감상벽까지 곁들여서!) 마리아의 앞에 섰다.

"나쁜 앤 아닌데, 성질이 고약해서……."

부드럽고 애처로운 목소리였지만, 그녀가 이 상황을 미친 듯이 재미있어하고 있다는 걸, 게레는 알았다. 게레가 갑자기 몸을 돌렸다. 놀란 사람들 사이를 단숨에 지나쳐 계단을 오르더니 쾅 하는 문소리와 함께 밖으로 뛰쳐나갔다. 그는 문에 몸을 기대어 오랫동안 가쁜 숨을 내쉬었다. 머리가 아팠다. 악단의 드럼 소리와 마리아의 집요하고 경멸하는 목소리가 여전히 들려오는 것 같았다. 그는 집을 향해 걸어가면서 큰 소리로 혼잣말을 하고 내딛는 걸음마다 무언가 맹세를 했는데, 옹그루아 가로 돌아와 얼간이처럼 문 앞에 멈춰 서서는 어쨌든 그만하게 되었다. 열쇠가 마리아에게만 있었기 때문이다. 그는 그 시간에 기적적으로 문이 열려 있는 모퉁이의 카페로 처량하게 피신했다. 거기서 마리아를 기다릴 작정이었다. 엄밀히 말하자면, 그녀를 기다리는 것 말고는 할 일이 없었다. 그리고 마리아가 그녀가 선사한 이 끔찍한 밤을 보낸 자신을 용서해주길 하늘에 빌었다.

게레는 그 허름한 카페에서 오래 기다렸다. 북아프리카 남자 하나가 별다른 이유 없이 새벽까지 문을 열어두고서 졸고 있었다. 게레도 설핏 잠이 들고 말았다. 긴 시간은 아니었지만, 택시를 탄 마리아가 현관 앞에서 내린 뒤, 커피 값을 계산하고 나온 그와 마주치기 전에 집으로 들어가버리기엔 충분한 시간이었다. 그녀는 문을 잠갔다. 게레는 이웃을 생각해 한두 차례 작게 문을 두드렸다. 이내 신경질이 난 그가 격렬하게 문을 두들기기 시작했다. 그러나 소용없는 짓이었다.

마리아는 거실에 죽은 듯이 앉아 있었다. 소파에 신발을 올려두고서, 위스키 한 병을 손에 쥔 채, 만취했음에도 정신은 또렷한 상태로. 그녀는 게레가 문을 두들기는 소리를 들었다. "마리아! 마리아!" 자신을 부르는 소리를 들었지만 표정에 변화는 없었다. 낮은 담을 넘은 게레가 창 너머 돌보지 않는 정원을 짓밟고 비스듬히 열린 블라인드까지 와서 몸을 웅크릴 때조차, 그녀는 눈썹 하나 까딱하지 않았다. 그리고 거기에서, 그녀가 보이진 않지만 몇 미터 떨어진 곳에 그녀가 있을 것이라고 짐작한 곳에서 그가 작게, 그러나 열렬하게 속삭였다.

"문 열어줘, 마리아. 문 좀 열어. 나야…… 할 말이 있어……. 나 과장 안 해……. 당신이 원할 때 콩고에 갈 거니까……. 얘기 좀 해, 마리아……."

그녀는 가장자리를 비스듬히 커팅한 둥근 유리 샹들리에 아래, 창백하고 노골적인 빛을 받으며 미동 없이 머물러 있었다. 단지 잔에 술을 채우느라 손만 움직일 뿐이었다. 동트기 직전까지도 계속해서 들려오는 그 목소리가, 이제는 애원하는 젊다 못해 어린아이 같은 그의 목소리가 그녀의 귀엔 닿지 않는 것 같았다.

"마리아, 열어줘……. 나 여기 두지 마! 당신 없으면 난 이제 어떻게 해야 할지 모르겠단 말이야……. 누가 나한테 말을 걸겠어? 누가 내 이야길 들어주겠어? 마리아,

제발, 나 이제 혼자 있기 싫어. 문 좀 열어줘……"

목소리는 아침까지 계속되었다.

그리고 릴 시의 해가 떠오른 그날 아침, 게레는 1930년대 스타일의 거실에 여전히 켜 있는 불빛과 싸워야 했다. 술 병은 텅 비어 있었다. 마리아는 눈을 감고 있었고, 게레는 여전히 닫힌 창문 앞 땅바닥에 드러누워 잠들어 있었다.

블라인드 틈으로 미끄러진 노란 햇빛이 질투하듯 마리아의 초췌한 얼굴을 때리고, 그녀의 눈꺼풀을 건드렸다. 눈을 뜬 마리아가 주위를 둘러보다, 유리창에 난 쪽문에 시선을 고정했다. 다시 눈을 감고 잠시 시간을 보낸 그녀가 무겁게 몸을 일으켰다. 게레가 몸을 기대고 있는 쪽문을 향해 맨발로 다가가 단번에 문을 열었다. 문틀에 머리를 부딪힌 게레가 눈을 떴다. 그가 그녀를 보았다. 그들은 서로를 바라보았다. 창백하고, 초췌하고, 고독하게. 마리아는 잠이 덜 깬 눈으로 자신을 응시하고 있는 남자 가까이 몸을 숙였다.

"내가 꿈을 꾼 게 아니지……? 당신이 그놈 배에 칼로 열일곱 방 먹인 거 맞지? 열일곱 번 말이야!"

그는 대답하지 않았다.

"거부자, 좀 비켜줄래?"

게레는 세 번 연달아 뒤로 물러났다. 자신의 동료 중 한 명에게 길을 비켜주기 위해서였다. '게레보다 먼저 들어오기', '그의 코앞에서 문 닫아버리기', '그가 질문하면 대답 대신 휘파람 불기'는 상송에서 일종의 게임이 되어 있었다. '거부자'는 양심적 병역 거부자를 빗댄 것으로, 누가 처음으로 그 표현을 쓰기 시작했는지는 아무도 몰랐지만, 성공적인 것임에는 틀림없었다. 거부자란, 모두와 함께하는 고용주와의 전투를 거부하고, 일용할 양식과 민중의 편에서 싸우길 거부한 게레를, 그러니까 알 수 없는 (아무튼 수치스럽고 받아들일 수 없는) 이유로 '승진을 거부한' 그를 가리키는 것이었다. 그런 놀이가 지속된 지 열흘이나 되었기에 게레는 모샹이, 그리고 그의 증오와 부당 행위가 막 그리워지기 시작한 참이었다. 온종일 동료들의 빈정거리는 모욕을 듣는 것보다 최악인 건 없었다. 밤마다 마리아가 보내는 암묵적인 경멸을 제외하고는 말이다.

마리아는 그를 거의 쳐다보지 않았다. 말을 하지도 않았다. 게레는 지도나 계획서를 다시 꺼낼 엄두도 내지 못했다. 밤이면 식탁에 앉아 가슴을 졸이며 서랍에서 그것들을 꺼내와야겠다고 생각했지만, 실행에 옮기려는 순간이면 어김없이 마리아가 그에게 보이는 완벽한 무관심으로 무장한 시선과 몸짓 때문에, 그는 제자리에 못 박혀 있을 수밖에 없었다.

개조차 더는 공장에서 그를 기다리지도, 그의 귀가를 열렬히 반기지도 않았다. 그가 쓰다듬는 것보다는 마리아에게 빗자루로 몇 대 얻어맞는 게 낫다는 듯이, 마리아의 발밑에 몸을 웅크리고서, 그를 무시하는 것 같았다. 게레는 어디선가 두려움에는 냄새가 있다는 걸 읽은 적이 있었다. 아마 그건 진실일 거였다. 그리고 어쩌면 개가 그에게서 그런 냄새를 맡은 게 아닐까? 밤에, 홀로 침울한 방에서 옷을 벗으며 게레는 의심스러운 표정으로 팔과 어깨에 코를 갖다 대보았다. 그러나 그가 자신의 피부에서 식별한 것은 두려움이 아니었다. 그것은 수치의 냄새였다. 낮엔 그 저주받은 직위를 거부한 것 때문에, 저녁엔 그걸 받아들이려 했다는 이유로 그는 수치심을 느껴야 했다. 게다가 이 수치심이란 것은 냄새는 물론이고 육안으로도 식별할 수 있는 모양이었다. 어느 날 게레가 니콜에게 말을 걸었을 때, 그녀마저도 그를 가혹하게 내쳤기 때문이다.

"이런, 게레 씨가 말단 직원에게 말을 다 거시네." 그녀가 놀랍다는 듯 비아냥거렸다. "부자가 될 거라면서요. 항간엔 상속을 받을 거라고 하던걸."

니콜의 증오에 찬 눈빛에 게레는 어리둥절했다. 그리고 터무니없이 화를 쏟아내는 이 깃털을 세운 암탉에게서 한때 자신이 안다고 생각했던(서투르지만 상냥한) 모습을 찾으려 애썼다.

게다가 날씨까지 좋았다. 징글징글하게 말이다. '축하 파티'로부터 일주일이 지난 뒤, 마리아가 알 수 없는 이유로 이틀간 외박을 했다. 이번만큼은, 게레는 안도감을 느꼈다. 이 더위에 이젠 증오스럽기만 한 릴에 간다는 건 생각만으로도 소름이 끼칠 정도였으니까. 그는 등나무 집 문 앞의 고리버들 의자에 일광욕을 하며 토요일과 일요일을 보냈다. 속옷 바람으로 때때로《레키프》‡나 재앙이 일어나기 전에 사둔 세네갈에 관한 책 따위를 던지며, 휘파람으로 그녀와 동시에 종적을 감춘 개를 불렀다. 이번 주말엔 죄다 바다로 몰려간 모양이었다. 촌티 나는 의자에 앉아 태양이 흉측한 구릿빛 문양을 새겨넣도록 내버려둔 채 오지 않는 개를 부르는 사람은 이 동네에서 게레가 유일했다. 그리고 그는 이 불운 속에서 어떤 위안을, 심지어 기쁨까지 느끼고 있었다.

그러나 일요일에는 견디기가 더욱 어려워졌다. 저녁 8시 정도가 되자 그는 마리아를 기다리기 시작했다. TV를 보다가 골목에서 발소리가 들리는 것 같을 때마다 전원을 껐다가 다시 켜기를 반복했다. 새벽 1시가 되자 TV 프로그램이 종료되었다. 그가 여기 있는 것을 보면 마리아가 신경질을 낼 것만 같았기에, 게레는 덧창을 열어두고서 침대에 올랐다. 그는 새벽까지 깨어 있었다. 마리아가 웬 낯선 억양의 사내와 차를 타고 귀가한 것도 그 무렵이

‡ 〈L'Équipe〉, 스포츠 일간지.

었다. 게레는 창가로 갈 엄두도 내지 못했다. 그녀가 그를 본다면 그녀를 감시하고 있다는 걸, 더 정확히는, 말하기에 부끄럽지만 질투한다는 걸 알아챌 수도 있었기 때문이다.

다음 날 아침, 모토베칸을 타고 갈지자를 그리며 달리던 게레가 개와 마주쳤을 때, 개는 목줄 끝이 잘린 채 그를 반기고 있었다. 게레는 우연히 마주친 친구와 인사라도 나누려는 양 오토바이를 세우다가 돌부리에 걸렸다. 그가 공중으로 포물선을 그리며 튀어 올랐다. 휘어버린 바퀴에 소매가 걸린 채 흙바닥에 널브러졌는데, 이 바보 같은 개는 그의 주위를 깡충깡충 뛰어다니고 있었다. 게레는 개에게 욕설을 퍼붓고는 오토바이를 내버려둔 채 걷기 시작했다. 저 지경인 오토바이를 그 누구도 훔쳐가진 않을 거였다. 그의 유일한 장난감이었건만!

마리아의 주위를 반갑게 뛰어다니던 개가 자기 밥그릇을 찾았다. 그릇이 빈 것을 그녀가 알아챌 때까지 마리아를 뚫어져라 바라보았다. 개는 그녀의 차분하고 엄격한 점이 마음에 들었다. 지금도 이렇게 말하지 않는가.

"이 불한당, 널 뭘 먹일까……. 며칠 동안 어디에 있었던 거야? 회계원 나리를 보필하기라도 한 거야, 아니면 나처럼 나들이라도 다녀온 거니?"

개가 꼬리를 흔들며 그녀의 말을 유심히 들었다. 왜냐하면 이것이 오늘 그녀가 자신에게 하는 마지막 말이라는 것을 알고 있었기 때문이다. 그녀가 하루에 딱 한 번만 자신에게 말을 건다는 것을, 개는 기억하고 있었다. 실제로 한 시간 뒤 페레올이 문을 두드렸을 때, 개는 그녀의 안중에서 사라진 뒤였다.

페레올(그의 이름은 도미니크였다)은 이 근방에서 고집스레 농사를 짓고 있는 마지막 남은 농부 중 하나였다. 얼굴이 술에 찌들고 메말라 있어 쉰인지 일흔인지 나이를 가늠할 수 없었지만, 주름이 깊게 패어 있었다. 마리아는 경멸과 적대감이 담긴 눈으로 그를 바라보았다. 10여 년 전 그녀가 마르세유에서 막 이곳에 왔을 무렵, 절실했던 돈 몇 프랑 때문에 그와 밤을 보낸 것이 떠올랐다. 강인한 성정의 마리아에게도 그건 고통스러운 기억으로 남아 있었다. '고통스러운 것 이상'이라고 생각하면서, 그녀는 더럽고 추악한 눈빛으로 히쭉대는 그를 바라보았다.

"용건이 뭐야?"

마리아의 무덤덤하고 평온한 목소리가 순간적으로 그를 온순하게 만들었다. 겁을 줄 생각이었는데 통하지 않았다. 그는 하마터면 침침해진 기억을 더듬어 이곳에 온 목적을 떠올리기도 전에 물러날 뻔했다.

"파샤 내놔." 그가 턱으로 개를 가리키며 말했다.

개는 가스레인지 밑에 몸을 숨기고 있었다. 덜덜 떨면서 소리 없이 이빨을 드러냈다. 개가 느끼는 극도의 두려움이 마리아에게 전해지자, 그녀 역시 동요하기 시작했다. 페레올은 그것을 놓치지 않았다.

"왜냐하면 저 망할 놈의 개는 내 거니까. 저건 내 개야, 내 '이거'라고. (그리고 그가 실실거리기 시작했다.) 옛날엔 당신도 내 '이거'였잖아. 지금은 나처럼 다 늙었으니 내 '할망구'라고 불러야 하나."

"날 뭘로도 부르지 마." 마리아가 말했다. "당신 개인데 왜 당신 집에 있지 않는 거지?"

"음탕하니까." 페레올이 대답했다. "그리고 음탕한 개는 음탕한 주인을 원하는 법이거든."

그는 부엌칼을 쥔 그녀의 손이 자신을 향해 느리게 다가오는 것을 보면서도 더 격렬하게 히쭉댔다. 그 손은 그녀의 의지와는 무관해 보였는데, 그녀가 그에게 시선을 고정시킨 채 손만 움직였기 때문이었다. 느리지만 매우 정확한 동작으로, 그녀가 곧장 페레올의 목에 칼을 들이

댔다. 그가 한 발짝 물러났다.

"지금 뭐…… 뭐 하는 거야?" 그가 떠듬댔다.

"뭐라고 이 개자식아? 어디 계속해봐."

페레올이 점점 정원 쪽으로 물러나고 있었다.

"내 말은, 당신 하숙인 말이야." 그가 빠르게 말을 이었다. "그 얼빠진 자식 말하는 거라고. 거부자라고 있잖아. 당신 얘기한 거 아니야. 당신은 더 지독한 남잘 좋아하잖아. 그런 음탕한 놈 말고, 진짜들 말이야."

그녀로부터 3미터 정도 떨어지자 다시금 용기가 차올랐는지 그가 거드름을 피웠다. 그녀가 역겹다는 듯 그를 바라보았다.

"그놈한테 전해." 페레올이 갑자기 고함을 지르기 시작했다. "쓸모없는 당신 하숙인한테 6시까지 개를 데리고 오라고 해. 15분이 지나도 나타나지 않으면 내가 총 들고 내 개를 찾으러 올 테니까. 그 자식이 안 나타나면 영원히 이 집에서 살게 해주지. 내가 당신 침대 발 매트로 만들 거거든." 그가 진심으로 웃었다.

그의 면전에서 문을 닫아버린 마리아는 빗장까지 걸어 잠갔다.

그녀는 여전히 가스레인지 아래 숨어 있는 개를 바라

보았다. 그리고 마침내 개를 향해 입을 열었다. "걱정 마, 해결될 테니까."

개는 두려움에 떠는 와중에도 깨달았다. 그것이 그날 그녀가 자신에게 두 번째로 말을 하는 거라는 사실을 말이다. 심지어 30분 뒤, 개의 두 귀 사이를 쓰다듬으며 세 번째로 덧붙이기까지 했다.

"너, 때마침 잘 왔구나……."

게레는 그녀가 하는 말을 이해하지 못한 듯 얼빠진 사람처럼 서 있었다.

'멍청하긴! 저 얼빠진 모습이 진짜네.' 순간 그녀는 생각했다. '지금은 정말로 그래 보여. 한심하고 멍청해…….'

그런 생각을 하자 화가 치밀어 올라 저절로 목소리가 높아졌다.

"다시 말할게." 차가운 어투였다. "페레올이라는 남자가 파샤를 찾으러 왔어. 그의 똥개…… 아니 당신 개 말이야. 그 사람이 6시 15분에 총 들고 오겠다고 소리 지르면서 아주 정중하게 개를 요구했으니까, 당신이 개를 이 줄로 묶어서 얌전히 주인에게 데려다줘. 원하면 당신 개가 우리 집에서 한 일에 대한 수고비를 좀 드릴 수 있다고도 해. '정말 감사합니다, 페레올 씨' 하고 말하는 거야. 그리고 개는 거기 두고 와. 게레, 알아들었어?"

그는 전혀 알아들은 것 같지 않아 보였다. 그의 고개가 개와 마리아를 번갈아 향하더니 다시 개를 멍하니 바라보았다. 거의 조는 것 같아서 마리아는 깜짝 놀랐다.

"자는 거야?"

그러나 게레는 이미 몸을 돌려 문을 지나고 있었다. 평소와는 매우 다른 빠르고 단호한 걸음으로 공터를 가로지른 그가 500미터 거리의 낮은 협곡과 페레올의 농장을 가리고 있는 포플러 가로수 쪽으로 전진했다. 눈으로 그를 좇던 마리아가 뒤늦게 소리쳤다.

"게레, 개는? 개 데리고 가야지!"

그러나 이미 한참 멀어진 뒤였다.

게레가 이 시간에 먼지투성이인 길을 절도 있게 가는 데는 어떤 결심이 섰기 때문은 아니었다. 그는 무슨 말을 누구에게 해야 하는지 전혀 알지 못했다. 그 험악한 페레올이 누군지도 몰랐다. 단지 이 불의에 대한 그 어떤 분노보다 강렬한 반항심에 순간 자리를 박차고 나온 거였다.

이러니저러니 해도 그는 게레였다. 좋은 녀석이고, 성실한 회계원이자 착한 남자였다. 그리고 일주일 사이에

직장 동료와 여자, 오토바이를 막 잃은 참이었다. 그런데 이제 개까지 빼앗아간다고? 그건 너무하잖아!

그는 누구에게 그걸 털어놔야 하는지 몰랐지만, 관념의 법정이 어디에선가 그가 호소하러 오길 기다리고 있는 것만 같았다. 그곳의 판사가 '당신이 옳다'고, '실제로 그건 너무하다'고 동조해줄 것이었다. 그건 이견이 없는 문제였기에 그는 곧장 페레올의 집으로 돌진하는 중이었다. 그를 죽도록 패게 될지 얻어맞을지 알지 못한 채로, 혹은 마리아의 말처럼 정말로 그에게 사과하고 개 값을 주게 될지 여전히 알지 못한 채로 말이다. 그건 파샤가 특별히 예뻐서도, 개와 함께 있는 게 즐겁거나 그를 잘 따라서도 아니었다. (개는 자기를 집에 데려온 그보다도 마리아를 명백히 더 좋아했다.) 개는 예쁘지 않았다. 사냥을 하지도 않았으며, 게레 같은 남자에겐 아무런 관심이 없었다.

'그래도 결국은 내 개야.' 그는 막연히 생각했다. '그런데 내 개까지……!'

다른 도로와 만나는 길 끝에 다다른 그는 농지 쪽으로 살짝 돌출된 양지바른 비탈 위에 잠시 멈춰 섰다. 농지는 그가 서 있는 곳에서 100미터 떨어진 아래쪽에, 'L'자 형태로 기이하게 놓여 있었다. 그래서 최초로 그의 시야에 들어온 것은 왼쪽 헛간 근처 땅바닥에 드러누운 사람의 몸이었다. 게레는 오른쪽에서 여자의 비명이 들리기 전까지진 그 남자가 '음란하게' 몸을 비틀어대고 있다고 생각했다. 부엌에서 갑자기 나타난 여자가 안뜰로 뛰어 들어갔고, 어떻게 된 일인지 그녀와 동시에 상황을 알게 된 서너 명의 사람들이 뒤이어 나타났다. 여자는 기이한 형체의 발치에 무릎을 꿇었다. 게레는 그제야 비로소 그것이 쇠갈퀴에 박혀 미친 듯이 몸부림치는 형상이었음을 깨달았다. 몸을 숙이고 보니, 남자는 갓 베어낸 건초로 엮은 지붕에서 떨어진 것 같았다. 운이 나빴다.

게레가 보기에 그의 주위에 몰려든 사람들은 몇 시간이고 마냥 그 자리에 있을 것만 같았는데, 그들 중 하나가 자신의 모터바이크로 전화가 있는 곳까지 달려가기로 결정한 모양이었는지, 곧 모터바이크 한 대가 가만히 선 게레의 옆을 지나쳤다. 다갈색 머리에 눈이 튀어나온 남자는 처음 보는 얼굴이었다.

"구급차를 부르러 가야 해요!" 그가 우스꽝스럽게 소리쳤다. 마치 자신이 걷고 있고 게레가 오토바이를 타고 있는 것처럼 말이다. "페레올의 목이랑 머리통이 쇠갈퀴에 찔렸어요. 피가 난다고요."

메신저의 역할을 다한 그가 자신에게 주어진 임무에 들떠 길모퉁이로 사라졌다. 번화가 쪽으로 비스듬히 돌아가는 남자를 보며, 게레는 시의 구급차가 멀지 않은 곳에 있음을 기억해냈다. 그는 이 잔혹한 광경에 당황해 어찌해야 할지 몰랐다. 자신이 뭘 하려는지조차 더는 떠오르지 않았다. 반항심도 모두 사라져버렸다. 어쨌든 페레올은 오늘 밤이든 다른 날이든 개를 데리러 오진 않을 것이다. 그의 끔찍한 경련이 잦아들고 있는 것으로 보아 오랫동안 병원 신세를 지게 될 것 같았다. 살에 박힌 쇠갈퀴가 얼마나 차가울지를 상상하자 순간 욕지기가 치밀어 오른 게레는 비탈에 앉아 담배에 불을 붙였다. 구급차가 사방에 사이렌을 울리며 그의 앞을 지나쳤다. '구급차가 평판만큼 나쁘진 않군.' 그가 마지막 담배 연기를 내뿜으며 생각했다. 구급대원들이 차에서 내리는 것이 보였다. 그러나 자기 연장에 꿰인 이 남자를 어떻게 할지는 보고 싶지 않았다.

그는 천천히 발을 돌렸다. 순간 밤의 부드러움이 느껴졌다. 미풍에 흔들리는 밀밭, 광재 더미에 뒤섞인 운모의 희미한 빛 같은 것들이. 열흘 만에 처음으로 그는 기분이 좋았다. 터무니없는 느낌이지만 확실히, 어디에선

가 그의 말을 '들은' 것 같았다. 그리고 정의가 혹독하고도 분명하게 응답을 보내온 것 같았다. 사실 따지고 보면 그저 우연히 골칫거리에서 벗어난 것일 뿐인데도 말이다. 꼭 운명이 그의 편을 들어주기라도 한 듯이, 내면의 누군가가 그를 일으켜 세우고 어깨를 펴주는 것만 같았다.

마리아는 열린 창으로 그가 걸어오는 것을 보았지만 움직이지 않았다. 게레 역시 창문 너머에 있는 그녀를 보았지만 걸음을 멈추지 않았다. 담배를 꺼내려 가까스로 걸음을 늦춘 그는 불붙인 성냥을 어깨 너머로 던지며 '험프리 보가트 같았다'고 생각했다. 게레를 반기며 창문을 뛰어넘어 달려 나온 개가 그의 손과 바지를 물고 흥겹게 짖어댔지만, 그는 더 이상 걸음을 늦추지 않았다. 개를 가볍게 밀치고는 담배를 깊게 빨아올렸다. 코로 무사히 연기를 내뿜는 데 처음으로 성공한 그가 여자 앞에 다다랐다.

"바람 쐬고 있었어? 이 시간이 참 좋아. 그렇지……? 담배 피울래?"

그가 평소처럼 담배 한 개비를 꺼내주는 대신 담뱃갑째로 내미는 바람에 그녀가 손톱으로 간신히 하나를 꺼내 들었다. 그는 10여 초가 지난 뒤에야 피곤한 내색을 하며 불을 붙여주었다. 그는 아무 말없이 들판을(실제론 감탄하며) 바라보았다. 먼저 항복한 것은 마리아였다.

"개는 어떻게 하기로 했어? 페레올은 봤어?"

"응, 봤어." 그가 하품을 하며 대답했다. "아무 말 없던데. 그리고 한동안은 별말 안 할 거야." 덧붙인 말에 거짓은 없었다.

그때 구급차가 다시 출발했다. 밀밭 위를 날아온 사이렌 소리가 일부러 마리아 곁의 유리창까지 와서 부딪혀 튕겨나가는 것 같았다. 몸이 좀더 굳어진 그녀가 묘하게 부드러운 눈빛으로 눈을 크게 뜨며 게레의 귓가로 몸을 들이밀었다.

"이게 뭐지? 들었어?"

'아가씨 같은 목소리'라고 생각하면서, 계단을 향해 등을 돌린 게레가 대답했다.

"저기 실려 가는 사람이 페레올이야."

게레는 어둠 속에서 눈을 뜬 채로 누워 있었다. 여름, 밤바람이 그의 이마와 목에 맺힌 땀방울을 거두어 갔다. 마리아는 잠들어 있었다. 간밤, 그녀는 한참을 이야기했다. 동등한 상대로서 그를 대한 건 아마도 처음인 것 같았다. 이 새로운 대등함이 그의 잔인함을 가정한 결과라는 것을 망각한 그는, 마리아가 들려주는 그녀의 인생에 대한 아이러니한 이야기에 흥미가 생기기보다는 반발심이 들었다. 마르세유에서, 그녀는 한 남자를 사랑했다. 터프한 남자였지만, 사실은 그런 척하는 돈 많은 포주일 뿐이었다. 몇 년간 마리아를 본처처럼 끼고 다녔는데, 강도 짓을 벌이다 경찰에 붙잡히자 다른 이들을 팔아넘기고 마리아를 연루시켰다. 그녀의 마르세유 체류가 금지된 것은 그때부터였다. 보석들을 책임지고 있는 질베르라는 남자는 르네의 부하들 중 하나였다. 종종 그녀가 예시로 언급했던 보스가(게레는 그걸 지금 막 깨달았다) 바로 이 르네였던 것이다. 그 남자에 대해 거짓말을 하느라 그녀가 몹시 괴로웠을 것이라는 짐작에 측은해하면서, 게레는 그가 마리아를 지독하게 속였을 게 분명하다고, 자신 역시 기만 덕에 여기에 있을 수 있다는 사실을 망각한 채 생각했다. 그러나 그 점을 제외하면, 그는 르네와 닮은 점이 없었다. 마리아는 쉰 살이 넘었고, 그는 이미 그녀 없이는 살 수 없었다. 만약 서른 살 즈음의 그녀를 만났더라면 그녀는 그를 쳐다보지도 않거나, 죽고 싶을 만큼 그를 고통스럽게 만들었을 것이다. 마리아의 생각과는 반대로, 게레는 지금 이 나이에 그녀를 만난 것이 조금도 아쉽지 않았다. 그에게 오직 그녀뿐인 것처럼, 적어도 지금은 그녀에게도 게레뿐이었기 때문이다.

때론 즐겁게, 때론 진저리를 치면서 이야기를 마친 마리아가 "늦었네, 자야겠어"라고 말하더니 벽 쪽으로 몸을 돌렸다. 게레가 가슴을 두근대며 침대에 늘어진 몸 가까이 다가가길 감행한 것은 채 5분이 지나지 않아서였다. 그 몸이 자신을 성가셔하리라는 것을 알면서도 말이다. 그러나 상관없었다. 그 뜨거운 육체, 충격받은 듯 외면하는 얼굴, 퉁명스럽고 귀찮아하면서도 결국엔 명령을 내리는 목소리, 서두르라고 닦달하는, 그러나 실제론 그의 오랜 외로움과 불안, 의심의 날들을 종식시킨 그 목소리. 바로 그 순간, 잠든 이 낯선 육체 곁에 누운 채 게레는 자신이 고독으로부터 해방되었다는 걸 깨달았다. 그는 자신이 옳다고 생각했다. 그녀를 지키고, 세네갈에 정착하고, 그녀에게 행복한 노후를 마련해주기 위해선 아직 해야 할 일이 많았다. 마리아가 자신의 침대를 다시 허락한 지금, 그는 그녀에 대해 완전한 책임감을 느꼈다. 그리고 지난 보름간의 혹독한 기억과 그녀가 보인 가혹한 경멸조차 마치 제멋대로인 여자애의 용서할 수 있는 치기인 양, 어둠 속에서, 게레는 웃어넘길 수 있었다.

거의 잠을 자지 못한 채로 게레는 상송 공장을 향해

활기차게 발을 옮겼다. 그를 존경했지만 최근의 일들로 크게 실망한 젊은 수습사원이 창문 너머 사뭇 달라진 걸음으로 도착한 게레를 발견했다. 흥분으로 눈을 반짝인 그는 이후에 벌어질 일들을 기대하며 다시 서류 더미에 몰두했다. 게레가 회계과 사무실로 들어온 것은 정확히 8시 10분이었다. 그 말 많던 과장 자리에 앉게 된 마이외는 게레의 도착과 시계 사이의 동일성을 밝힐 여유가 없었다.

"거기서 좀 꺼져줄래? 날씨가 좋군." 지난 보름간 잃어버린 줄 알았던 맑고 명쾌한 목소리로 게레가 말했다.

그리고 점심시간이 되자, 구내식당 문 먼저 통과하기 게임을 다시 시작하려던 루비에와 포쇠가 위압적인 팔에 의해 밀쳐졌다. 게레가 먼저 들어간 것이다. 여론이 변했다. 불명예스러운 범속함으로 여겨지던 그의 행동에는 사실 엄청난 비밀이 감추어져 있다고 생각하기 시작한 것이다. 퇴근길에 게레는 수리를 맡기려고 오토바이를 챙겼다. 그렇게 나날이 자신의 여자를, 개와 친구를, 직장 동료와 교통수단을, 특히 자존감을 되찾아 나갔다.

그야말로 완연한 여름이었다. 게레는 인생에서 가장 찬란한 날들을 보내고 있었다.

밤에 돌아오면 반짝반짝 눈을 빛내며 마리아에게 말

했다. "알베르가 코르시카의 갱들을 처리하려고 했던 데까지 이야기했어. 당신은 테울에 있었고 말이야."

마리아가 미소 지었다. 망설이더니 입을 열었다. "자기는…… 그런 이야기가 재미있어? 차라리……"

그녀는 말을 멈췄다. 그녀는 더 이상 게레에게 또래의 여자와 데이트하라고 등을 떠밀지 않았다. 카페에서 친구들 좀 만나라고 하지도 않았다. 그녀는 자신에게 의지하고 다정하며 순종적인, 개와 같은 그가 집에 있는 걸 받아들이게 된 것 같았다. 마리아가 다시 이야기를 이어갔다. 기억의 실타래를 풀어내면서 어떤 장면에선 자기도 모르게 몸짓으로 흉내 내고, 그때 생각을 하며 웃는 모습이 꼭 스무 살, 서른 살 같았다. 마치 마르세유의 항구를 디디고 서 있는 것처럼……. 황홀해진 게레가 그녀를 바라보았다. 그들은 해가 진 뒤 아주 늦은 저녁을 먹었다. 그리고 게레의 벗은 팔이 쇠갈퀴들이 있는 방의 스위치를 더듬어댈 때는 그들을 둘러싼 벌판의 모든 불이 이미 꺼진 뒤였다.

그것을 본 건 샐러드용 레터스를 감싼 하루 전 신문에서였다. 맨 처음 마리아의 눈을 사로잡은 것은 '카르뱅'이라는 단어였다. 그리고 곧장 '보석'이라는 단어가 눈에 띄었다. 그녀는 천천히 접힌 종이를 펼쳤다. 기사를 읽기 전에 여러 번 손으로 주름을 폈다. 기사를 다 읽고 난 뒤에도 표정은 변하지 않았고, 놀란 기색도 전혀 나타나지 않았다. 심지어 유별나게 그녀의 기분에 예민하던 개조차 지금이 자신이 목격하고 있는 이 이야기의 마지막 순간이라는 것을 알아채지 못했다. 마리아와 게레, 그리고 개, 이 셋의 결말 말이다.

'카르뱅에서 보석상을 칼로 찔러 살해한 범인이 일관

적으로 절도를 부인하고 있다. 지금까지 보석에 대한 단서를 전혀 발견하지 못한 상태로…….' 기사는 두 달이나 지난 터라 누구도 관심을 두지 않는 이 진부한 사건을 졸속으로 짧게 다루고 있었고, 무척이나 복잡하게 뒤엉켜 전개시키고 있었다. 보두앙이란 이름의 수상한 인물(여기선 구매자인)이 자신의 차 안에서 브로커와 격렬하게 다퉜다. 겁을 먹은 브로커가 벌판을 가로질러 운하로 도망쳤는데, 악독하게도 보두앙은 그 위치를 기억조차 하지 못했다. 그는 그곳에서 브로커를 붙잡아 죽였다고 자백했지만, 홧김에 저지른 것이지 물욕 때문이 아니라고 주장했다. 한편 장물의 흔적은 전혀 발견되지 않았다. 브로커의 시신은 수송선의 닻에 의해 카르뱅까지 10킬로미터를 끌려갔다. 물론 범인은 계속 심문 중이며, 장물의 은신처에 대해선 부인하고 있다는 내용이었다.

레터스가 아니었다면 마리아는 이 기사를 읽지 않을 수도, 아무것도 모른 채로 지금처럼 살아갈 수도 있었을 것이다. 그 가능성을 깨닫는 동시에 그녀는 영혼을 꿰뚫는 찢어지는 고통을 느꼈다. 그녀가 느릿느릿 부엌 식탁 옆에 앉은 것은 너무 놀라서가 아니라 그녀의 순응적인 태도 때문이었고, 드라이 마티니 두 잔을 들이켠 것은 감정적인 행동이라기보다는 그것이 근심을 겪었을 때 그녀가 행하는 의례의 일환이기 때문이었다. 알고 있었다고, 그녀는 씁쓸히 자조했다. 게레에겐 그럴 배짱이 없다는 것을, 그녀는 언제나 알고 있었다. 마리아는 내키지 않는 듯 방으로 올라갔다. 그 아름다운 보석들이 거기 있는지 확인하기 위해서였다. 그것들은 여전히 찬란하게 빛나고 있었지만, 갑자기 이 누추한 집에 걸맞지 않아 보였다. 그 위풍당당한 보석들에서 핏자국이 지워지자, 부정할 수 없는 진품임에도 모조품처럼 밋밋하게 느껴진 것이다. 그리고 지금껏 본능적으로 경건하게 다루던 보석을 자기도 모르게 손에 쥐고 위로 던지고 있음을 깨달았다. 마리아는 그 가벼움을 비웃으며 더 높이, 더 빠르게 던졌다. 깔깔대며 더 힘차게, 더 높이 던지다 결국 천장에 닿을 정도까지 던져 올린 그녀는 그것을 잡는 대신 몸을 돌려 문밖으로 나가버렸다. 등 뒤에서 무언가가 바닥에 떨어지고 부서지지 않은 채 튀어 오르는 둔탁한 소리가 들려왔지만 관심 없었다.

그녀는 오랫동안 문지방에 서 있었다. 지는 해의 마지막 빛이 그녀의 얼굴 가득 비추고 있었다. 붉게 타올라 비스듬히 떨어지는 그 무용한 빛 아래로, 그녀와 게레의 손으로 일군 거친 땅에서 간신히 키워낸 지치고 우중충한 열두 송이의 꽃들이 그 생명력만큼이나 보잘것없는 기쁨을 느끼며 머리를 들이밀고 있었다.

게레는 평소와 같은 시간에, 같은 모습으로, 휘파람을 불며 나타났다. 그가 집에 들어오자, 냄비 속의 무언가를 휘젓고 있는 마리아의 뒷모습이 보였다. "냄새 좋은데!" 평소처럼 명랑한 목소리로 외친 그가 늘 앉는 의자에 앉아 길게 다리를 뻗었다. 마리아는 나팔 소리 같은 그의 외침에 아무런 대꾸도 하지 않았다. 게레는 자신을 안심시키는 그녀의 친근한 등을, 목덜미 부근에 놓인 여전한 황갈색 머리 타래와 정확한 손동작을 바라보며 상념에 잠겼다. 개는 눈을 반쯤 감은 채 호응하듯 둘을 차례로 응시했다.

얼마간 침묵이 흐른 뒤, 게레가 입을 열었다. "저…… 오늘 무슨 일 있었어? 근데 우리 뭐 먹어?"

"물냉이 수프." 마리아가 그를 향해 몸을 돌리며 조는 듯 보일 정도로 평온한 얼굴로 말했다.

'메기의 얼굴.' 그가 그녀에게 장난삼아 말하곤 했던 표정이었다. 메기‡라는 이름은 속을 알 수 없는 표정(다

‡ 메기는 프랑스어로 'poisson-chat(물고기 고양이)'라고 부른다.

른 생활권에 속한 수중 동물 특유의 공허한 침묵의 얼굴)과 마치 얼굴이 반으로 갈라진 가면을 쓴 듯 경계심 강한 고양이의 신비로운 눈빛을 동시에 상기시켰는데, 그 신비가 마리아의 눈을 더욱 또렷하게 만들고 있었다. 8학년 시절 아라스에 살던 어린 '로제 게레'의 생물 책에 실린 삽화와 꼭 닮은 얼굴이었다.

그는 마리아의 그런 표정을 좋아하는 동시에 두려워했다. 예기치 않은 일을 예고할 때 나타나곤 했기 때문이다. 그는 지금 그에게 행복이라 할 만한 것을 무너뜨릴 수 있는 모든 사건, 모든 소식이 두렵게 느껴졌다.

그래서 좀더 단도직입적으로, 게레는 결코 속할 수 없는 꿈에서 그녀를 끄집어내듯 다시 물었다. "오늘 무슨 일 있었어?"

마리아가 입을 열었다. 수수께끼 같은 표정에서 벗어난 그녀는 금방이라도 소리를 지를 것 같기도 했고, 눈물이 떨어질 것 같기도, 혹은 그를 물어 뜯어버릴 것 같기도 했다. 그를 향해, 너무도 흉폭한 동시에 애원하는 표정을 지으며 스스로를 억누르고 있었기에, 게레는 의자를 뒤로 밀고 자리에서 일어났다. 그녀에게 다가가 그들 사이에선 존재하지 않던 보호자 같은 태도로 어깨에 손을 올렸다.

"누가 기분 상하게 했어?" 그가 낮은 목소리로 물었다. "누가 보고 싶기라도 했던 거야?"

아니라는 듯 두어 번 고개를 저은 그녀가 그에게서 벗어나 계단 쪽으로 향했다. 당황한 그는 늘어뜨린 양팔을 흔들며 부엌에 붙박여 있었다.

마리아가 입을 연 건 계단 끝에 다다라서였다. "괜찮아! 방금 전엔 현기증이 나서 그랬어. 더위 때문에……."

게레는 곧 안심했다. 괜찮길 원했고, 괜찮기 위해 그토록 악착같이 매달렸기 때문이다. 광재 더미 아래에서 보석을 발견한 이래, 기나긴 9주 동안 말이다.

5분 뒤, 마리아가 한결 나아진 모습으로 계단을 내려왔다. 잘 빗은 머리에 얼굴은 장밋빛이었는데, 그는 그녀가 가볍게 화장을 했다는 것을(열흘 전부터 해온 것임에도) 처음으로 알아보았다. 그는 조금 전 한순간이라도 그녀를 무서워한 자신을 나무랐다. 이 여자는 이제 공모자일 뿐 아니라, 자신의 동지이자 친구이고, '친구 이상의' 존재였다. 그들이 함께 사는 것은 더 이상 우연이나 초조함, 필요에 의해서가 아니라 좋아서 하게 된 것이었다. 서서히, 게레가 그 무엇보다 좋아하게 되어버린 것, 그러니까 익숙해짐이라는 것에 의해서였다. 그리고 실제로 마리아는 마치 날 때부터 그를 길러온 사람인 양 그의 훌륭한 식탁 예절이 뿌듯하다는 듯이 식사하는 그를, 그가 고기를 자르고 술을 마시는 것을 바라보고 있었다. 그는 '진짜 엄마 같은 눈빛'이라고 생각하면서도 조금 약이 올랐다. 몇몇 밤에 일어난 기억들이 소용돌이처럼 그를 붙들고 쉽사리 놔주지 않은 탓이었다.

한편, 그는 디저트를 먹을 때 그녀의 요구로 처음으로 자신의 유년 시절에 대해 이야기했다. 게레는 지금까지 그녀에게 자신의 과거란 보잘것없는 삶의 연속에 불과할 거라고 생각하고 있었다. 별것 없이 굼뜨기만 한 자신의 일생에 관해 모두 알고, 그에 대해 피로감을 느끼고 있는 것도 같았다. 신경질적이고 고달픈 부모, 쪼들림, 중간쯤 되는 성적, 졸업, 좌절된 야망, 부모의 죽음, 군대, 창녀, 첫사랑, 회계학과, 상송에서의 인턴 생활 등등. 게레는 자신의 삶이 무미건조하고 무질서한 행렬에 불과하다는 것을, 특히 사랑과 모험의 왈츠와도 같은 그녀의 과거와 비교하자면 어떤 매력도 없는 잡동사니에 불과하다는 것을 진작에 받아들였다. 사실대로 말하자면, 그가 살인을 했다 치더라도 모험이란 그녀의 삶을 가리킨다는 것을 인정하지 않을 수 없었다.

그런데 오늘, 생각에 잠긴 마리아가 그에게 물었던 것이다. "당신 어렸을 땐 어땠어? 열다섯 살쯤에 말이야. 착한 아이였어, 아니면 나쁜 아이였어? 좀 들려줘."

한차례 놀라움이 지나간 뒤, 게레는 자신이 아주 즐겁게 시작부터 별 볼 일 없는 단조로운 인생에 대해 이야기하고 있다는 것을 깨달았다. 그리고 그녀가 그의 이야기를 열중해서 듣고 있다는 것 역시도.

그가 막 '팽팽'의 교육에 관한 이야기를 끝냈을 때, 전속력으로 돌아간 시계가 자정을 알렸다. 팽팽은 어미를 잃은 자그마한 토끼로 그가 몇 주간 우유를 먹이고 또 성공적으로 성체까지 키웠었다. 팽팽은 열세 살의 게레가 적대적인 환경에서, 무관심한 부모와 그를 놀려대는 잔인한 반 친구들 틈에서 처음 맛본 승리였다. 팽팽은 월트 디즈니에 나오는 어린 토끼처럼 베이지색의 부드러운 털을 지니고 있었다. 팽팽을 기적적으로 구출했던 놀라운 이야기를 전하는 게레의 눈이 반짝반짝 빛났다. 그가 흥분한 나머지(그의 이야기에 집중하느라 아직 치우지 않은) 그녀의 식기를 떨어뜨렸을 땐, 소스라치게 놀라기도 했다. 식기들을 줍기 위해 몸을 숙인 게레가 칼날에 검지를 슬쩍 베였다. 그리고 그 찰나의 통증이 그를 현실 세계로, 즉

거짓말의 세계로 다시 데려다 놓았다. 그는 식탁 밑에서 몸을 일으켜 흥미롭고도 놀랍다는 듯이 말했다.

"웃기지 않아?" 게레가 포크와 나이프를 식탁 위에 조심스레 올려놓았다. "사람이란 게, 이것저것이 뒤섞여 있다는 게 말이야. 내가 브로커를 '퍽, 퍽, 퍽' 했을 때, 당신은 내가 전혀 망설이지 않았을 거라고 생각하지만, 열세 살 때의 난 토끼 때문에 질질 짜고 있었으니까. 안 그래?"

"그래." 그녀는 감상적인 이야기 도중에 불쑥 잔인한 태도를 취한 것도, 심지어 어조의 변화조차 알아채지 못하는 것 같았다. "그래, 웃기네."

마리아가 눈을 내리깔았다. 게레는 그녀를 바라보며 팽팽에 대해 정신없이 늘어놓은 것에 부끄러움을 느끼면서도 적절한 때에 브로커 얘기를 꺼낸 자신이 무척 만족스러웠다. 한편으론 계속 그녀의 관심을 끌기 위해서 무엇을 해야 하는지 우물쭈물하고 있었다. 마리아에게서 이렇게 긴 시간 동안, 이렇게 지속적으로 관심을 받아본 적이 없었다. 이제 대화를 주도해야 할 사람은 그녀였다. 마리아도 그것을 감지한 것 같았다. 빠르게 눈꺼풀을 들어 올린 그녀가 다시 눈을 내리깔기 전에 그에게 상냥한 눈웃음을 던졌기 때문이다. 게레의 담뱃갑에서 담배를 꺼낸 그녀가 평소처럼 신경질적으로 주변의 성냥을 찾는 대신, 이번엔 매우 연약하고 수동적인 자세로 그가 라이터를 내밀길 기다렸다.

"과장 후임은 어떻게 됐어?" 그녀가 대뜸 물었다.

놀란 게레가 의자에 몸을 구겨 넣었다. 마리아의 질문이 끈질겼다.

"상송엔 뭐라고 이야기한 거야? 내 말은, 과장한테 말이야. 뭐라고 이야기하면서 거절했어?"

"그럴 만한 능력이 없는 것 같다고 했어." 게레가 그때의 기억에 순간 얼굴이 달아오른 상태로 토로했다. 그것은 그가 살면서 겪은 가장 생생한 수치심이었다. 오토바이 판매원에게 무시당했을 때보다도, 시골 건달에게 두들겨 맞았을 때보다도 더 큰 수치심을 느꼈다. 자신이 그 일을 할 능력이 없음을 스스로 표명해야 했기 때문이었다. 그러나 마리아에게 이야기할 순 없었다. 그녀에겐 그 일을 하는 것이 곧 수치였으니까. 그래서 그는 거기에서 말을 멈췄다.

"알겠어." 그녀가 말했다. (그러나 아무것도 알지 못한 거라고 게레는 생각했다.) "좋게 받아들이진 않았겠군. 당신은 정말 내가 그 사람들한테 말할까 봐 겁먹었던 거야?

내가 당신이 저지른 살인에 대해 발설할 거라고 생각했어? 교수형이라도 당할까 봐 무서웠어? 아님 기요틴에 목이라도 잘릴까 봐?"

"글쎄……." 그가 손바닥을 펴고 어깨를 으쓱해 보였다. 미련한 겁쟁이 같은 표정이었다. "내 입장이 돼봐. 당신이 그럴 거라는 건 아니지만, 엄청나게 화를 낸 건 사실이잖아!"

다시 그를 빠르게 쏘아본 마리아가 이제 막 피우기 시작한 담배를 비벼 껐다. 지친 듯 깊게 한숨을 쉬었다. 그녀가 자신을 너무 몰아붙인 걸 후회하는 중일지도 모른다는 생각이 게레의 머리를 스치는 동시에 그런 발상이 얼마나 허황된 것인가 하는 생각에 웃음이 터졌다.

"왜 웃어?" 그녀가 물었지만 딱히 대답을 바라는 것 같진 않았다.

자리에서 일어난 마리아가 열린 창으로 다가가 불쑥 겉창을 밀었다. 밤은 깊고 상쾌했다. 그녀는 살겠다는 듯 숨을 깊게 내쉬었다. 부엌에 담배 연기가 그렇게 심한 건 아닌데…… 아마 다시 지루해진 모양이라고, 게레는 생각했다.

'어릴 적 토끼 이야기 따위는 마리아의 과거에 비하면

물 탄 술이나 다름없지…….'

"보석을 줍지 않았다면……." 바깥의 어둠을 향해 몸을 돌린 그녀가 말을 이었다. "자긴 결국 과장이 되었겠지? 니콜이랑 결혼도 하고."

"그럴 리가……."

그가 입을 열었지만 마리아가 말을 잘랐다.

"여기 카르뱅에 살면서 아이를 낳고 차도 사고 작은 별장을 짓고…… 불행하지 않았을 거야. 정말로……."

"왜 그런 말을 해?"

그 순간, 그는 그녀가 다시 멀고, 낯설고, 가혹하게 느껴졌다. 어떻게 지금, 그가 니콜과 이 카르뱅에서 행복했을 거라고 생각할 수 있단 말인가? 과거도 감정도 모두 서로에게 꺼내 보인 지금에 와서! 게다가 그는 이제 막 누군가와, 정확히 그녀와 '살기' 시작했는데! 설사 그녀를 만나지 못했다고 하더라도 그런 삶이(니콜과 상송, 그리고 은퇴까지) 그 같은 남자에게 어떻게 행복을 안겨줄 거라 생각할 수 있다는 건가? 그래도 이제 그녀는 그가 어떤 사람인지 알면서! 그가 상대를 얼마나 까다롭게 고르는지, 아무하고 말을 섞지도 않는지 말이다. 그는 마음을 사로잡아야 하고, 두렵게 만들어야 하고, 길들여야 한다는 것을…… 그러니까, 그가 삶의 생생함과 행복을 느끼기 위해선 그녀가 그에게 행한 모든 것이 필요하다는 것을 잘 알고 있으면서.

"아니라는 거 잘 알잖아! 다 끝났다고!"

그는 분개한 목소리로 말했지만 그조차 그 '다'가 무엇을 가리키는지 알지 못했다.

그리고 마리아가 그의 말을 반복했을 때, 그녀 역시 그 말의 의미를 알지 못하는 것 같았다. (아니면 그 말을 하지 않았을 테니까.) 그러나 그 목소리는 화가 났다기보다는 슬픔에 훨씬 가까웠다.

"그래, 다 끝났어……." 그녀가 어둠으로 난 덧창과 창문을 차례로 닫았다.

'대화도 닫아버린 거야.' 당황한 게레의 등 뒤에서 자물쇠 소리가 들려왔다.

"내 이야기가 지겨웠지?" 그는 돌아보지도 않은 채 입을 열었다. "내 토끼 이야기가 그렇게 재미있진 않았던 거지?"

마리아는 대답하지 않을 것 같았다. 그리고 그녀가 다가와 그의 의자 등받이에 몸을 기댔을 때, 게레는 이미 체념한 뒤였다. 그때 마리아의 손길이 가볍게, 서서히 느려지며 그의 정수리에서 목덜미를 거쳐 어깨로 이어졌다. 애무에 가까운 행동에 놀란 게레의 몸이 굳어졌다. 그것은 마리아로서는 생각할 수 없는, 게레에게는 기대 이상의 행위였기 때문이다. 그의 심장이 멎었다가 다시 거세게 뛰기 시작하는 사이, 친근하지만 조금은 피로한 듯 쓸쓸한 목소리가 흘러나왔다.

"아냐, 당신이 지겨운 건 아니야. 날 웃게 만든 날들도 있었는걸." 그녀가 부드러운 어조로 덧붙였다.

그 부드러운 목소리에 충격을 받은 그는 한발 늦게 그녀의 뒤를 따랐다. 희미하게 곰팡내가 나는 복도와 작은 계단을 지나 마리아의 방으로 가는 내내 천 개의 바이올린 소리가 그를 호위하는 것 같았다.

마르세유 사람들도 신문은 읽었는데, 프로페셔널한 악당인 질베르 로뫼가 카르뱅에 당도하기까지는 그래도 48시간이 걸렸다. 그는 비밀을 알게 된 즐거움과 기쁨으로 사기가 충전된 채 이곳에 도착했다. 그는 게레를 본 적 없음에도 그가 아주 싫었다. 그에게 질투심도 났는데, 그건 23년이나 거슬러 올라가는 마리아에 대한 불운한 연정의 후유증 같은 거였다. 아무튼 그는 좋아서 죽을 것 같았다. 자신의 지분이 더 커질 것이기 때문이기도 했고, 마리아가 정분이 난 게 별 볼 일 없는 회계원이기 때문이기도 했다. 그는 마리아를 잘 알았다. 아마 그녀 자신보다도 잘 알 것이다. 그는 마리아와 그 어린애의 사이가 단순한 이해관계는 아닐 거라고 짐작하고 있었다.

그는 마리아가 사실을 이미 알고 있는 것에 조금 실망했고, 알면서도 지나치게 평온한 것에 더 실망했다. 예전이긴 하지만 그녀는 누구든 자신을 속이는 것을 좋아하지 않았으니까. 식전주를 들이켠 질베르가 맞은편에 앉은 마리아에게 계획을 이야기하려고 손을 잡았을 때, 마리아가 당황한 듯 질겁을 하고 잡힌 손을 뺐다. 그의 의도는 다분히 순수했건만! 질베르는 게레에게 용기는 없는 대신, 마리아처럼 사랑에 지쳐버린 여자의 육욕과 정숙함을 회복시켜줄 줄 아는 기질이 있는 모양이라고 생각했다.

"당신도 본 거야? 내가 본 그거?" 그가 큰 목소리로 물었다.

그러나 마리아가 곧장 그의 말을 가로막았다.

"봤어, 질베르. 그것 때문에 온 거잖아?"

그는 얼굴에 열이 올랐다. 자신이 경솔했다는 생각에서였다. 그는 짐짓 냉소적인 태도로 고개를 가로저었다.

"아냐, 돈 얘기 하러 온 거지. 걔랑 돈 나눌 거 아니지? 시작은 셋이었지만, 이젠 둘이야. 아무리 생각해도 그게 더 맘에 들어."

그리고 이번엔 마리아의 손을 억지로 끌어당겨 입을

맞췄다. 질베르는 언제나 멋 부릴 줄 아는 갱이었다. 유행이 지난 신발에 연연할 인물이 아니었다.

"그래서?" 마리아는 시종일관 평온한 태도를 유지했다. "당신은 어쩌고 싶다는 거야? 내가 잘못 이해했나 본데."

"이봐, 그 받을 자격 없는 어린애한테 10만 프랑이나 줄 건 아니지?" 그가 갑자기 공정한 척 굴었다.

"그걸 발견한 게 그 사람인걸." 마리아가 제동을 걸었다.

"그래, 하지만 그것 때문에 교수대에 끌려가진 않을 거라고. (질베르는 그녀가 마치 반론의 여지가 없는 가치 환산의 법칙을 의심한다는 양 신경질을 냈다.) 그가 위험을 무릅쓴 거라면 돈을 줄 수도 있어. 3분의 1 정도를 말이야. 하지만 봐, 아무것도 하지 않았잖아! 당신 눈에 띄려고 속이기나 했지. 고작 행인 역할을 한 단역에게 이 돈을 다 줄 필욘 없어. 안 그래?"

마리아는 잘 모르겠다는 듯 어깨를 으쓱했지만, 체념하고 그의 말을 따르려는 것도 같았다.

"'이전'의 상황에서 우린……." 그녀가 가소롭다는 듯 입을 열었다. "그의 몫을 줘야 한다고 생각했지. 그게 뒷골목의 법칙이고. 당신은 그게 공평함을 위해서가 아니라 두려움 때문이라곤 생각 안 해? 사람을 죽인 남잔 너무 위험하니까. 대신 물건을 훔친 남자는, 심지어 훔친 것도 아니고 주운 사람은 떼어버려도 된다는 거고. 맞아?"

"그래, 바로 그거야." 질베르는 마리아가 좀 이상하다고 생각하기 시작했다. "그래서, 짐 쌀 거야, 말 거야? 나랑 오늘 밤 파리로 돌아가겠어? 아니면 여기에 좀더 있을래?"

"뭐 때문에?" 마리아가 무정하게 반응했다. "내가 여기서 뭘 하겠어? 이 대궐 같은 집에, 정원에, 풍경에…… 당신도 봤잖아. (그녀가 손짓으로 강조했다.) 당신은 내가 여기 남아서 늙어가길 선택할 거라고 생각해? 맨날 투덜대기나 하는 하숙생 하날 두고서…… 저런 개랑?" 그녀가 손으로 파샤를 가리켜 보였다. "게다가 저 개는 나보다 먼저 죽을 텐데! 지금 농담해, 질베르? 난 떠날 거야. 도망칠 거라고."

"무엇으로부터 도망친다는 걸까?" 그의 물음이 야릇했다. "아무튼 얘기 끝났군."

등을 돌린 그녀가 벽난로 위의 작은 거울로 향했다. 머리를 다시 매만지고, 분칠을 하고, 립스틱을 발랐다. 그녀는 이런 게 생경했다. 이런 불안함은…….

"그 녀석한테 줄 수고비 정도는 남겨둘 수 있겠지, 당신이 원한다면 말이야. 나도 한 1퍼센트쯤은 줄 수 있어. 하지만 나머지는 우리 거야. 끝내주게 살아보자고. 그건 내가 보장하지. 개인적으로 난 탄광촌보다는 리비에라가 좋은데, 당신은 어때?"

그녀는 대답하지 않았다. 어깨를 으쓱해 보인 마리아가 짐을 챙기러 나가자, 부엌 겸 식당에 홀로 남겨진 질베르가 호기심 어린 기색으로 주위를 둘러보았다. 예전과 마찬가지로 여전히 무질서하고 꾸밈이라곤 없었지만, 여전히 '매력적'이라는 생각이 스쳤다. 고리버들 의자와 하얀 손뜨개 식탁보, 주물 냄비가 놓인 부엌엔 포마이카나 플라스틱 재질의 물건도, 최신식 커피메이커나 토스터도 없었다.

'도대체 그 돈으로 무얼 하려는 거지? 옷도 여행도 좋아하지 않으면서. 젊은 놈한테 돈을 퍼줄 여자도 아니고……'

마리아가 벌써 계단을 내려오고 있었다. 손엔 가방 하나가 전부였다. 질베르가 의아하게 쳐다봤다.

"그게 다야? 아니면 다시 여기로 돌아올 생각인 건가?"

"이게 내가 가진 전부야. 릴에 있는 은행에도 들러야

해. 계좌에 3프랑이 있는데, 돈 나오면 넣으려고 했거든. 그리고 정말로 게레에게 수고비를 남겨야겠어. 참 선량한 남자였거든." 그녀가 웃음기가 머문 얼굴로 덧붙였다. "선량하고, 가끔은 아주 용감하기도 했고……."

"그럴 필요 없어. 갱스터 흉내나 낸 얼간이일 뿐이야. 형편없는 자식!"

"앉아." 마리아가 크게 손을 움직여 고리버들 의자를 가리켰다. "아직 시간 있어. 그 사람 6시면 퇴근해. 작별 인사 하고 싶어."

질베르의 눈이 커졌다. "미쳤어? 아니면 잔인한 거야? 다 훔쳐가면서 껴안아주겠다는 거야?"

"하지만 그편이 더 예의 있어. 당신은 몰라. 그 사람 나 때문에…… 아니, 보석 때문에 과장 자리도 거절했어. 아무튼 작별 인사는 해야겠어."

포기한 질베르가 의자에 다시 앉았다. 담배에 불을 붙이고는 건성으로 물었다. "그 자식은 어때? 터프한 타입이야, 아니면 소심한 타입이야?"

"왜? 그 사람이 무서워? 사람 안 죽였다니까!"

"그냥 궁금해서 그래." 겁을 먹었느냐는 힐난에 그가 투덜댔다. "그 자식이 날 뭐 어떻게 한다고? 이봐……."

그가 주머니에서 그 유명한 잭나이프를 꺼냈다. 젊은 시절부터 그가 몸에 지녀온 유일한 장난감이었다. 칼이 무서웠는지 아니면 다른 소리를 들어서인지, 개가 머리를 들어 창 쪽을 바라보았다.

"개가 겁을 먹었는데?" 그가 자기도 모르게 자리에서 일어나며 물었다.

안심시키려는 듯 마리아가 그를 도로 자리에 앉혔다.

'스물다섯 살 때랑은 많이 다르네, 불쌍한 질베르. 이제 싸움도 싫어하고. 이 사람이었다면 카바레 관리하는 애들한테 얻어맞는 일은 없었겠지……'

그녀는 상념을 깔끔하게 잘라냈다. 어제부터, 게레가 그녀의 눈에 띄려고 센 척을 하는 동안 벌어졌던 모든 상황과 우여곡절들이 눈앞에 차례로 지나가고 있었다. 그녀는 이 달라진 국면에서 그가 한 모든 우스꽝스러운 연극들을 되짚어보았다. 그리고 화를 내려 애써봤지만, 유감스럽게도 어떤 즐거움이, 연민과 그리 멀지 않은 즐거움이 느껴질 뿐이었다.

'기가 조금도 꺾이지 않았어. 그 별 볼 일 없는 게레가 말이야……'

카바레에서의 밤을 떠올린 그녀의 머릿속에 곧 회사

에서 의기양양하게 돌아오던 그의 모습이 재생됐다. 그녀는 어떻게 그가 그렇게 빨리 자신의 협박에 따를 수 있었는지를 생각했다. 살인은 그와는 아무런 관련이 없었는데도 말이다. 그럼 그는 왜 승진을 거절한 걸까? 그녀에게 욕설을 퍼붓고, 그녀가 경찰에게 쓸데없는 짓을 하도록 내버려둘 수도 있었는데도. 그녀가 집을 비웠을 때 왜 꽃에 물을 주었던 걸까? 왜 문 앞에서 잠든 거지? 그는 왜, 매일 밤, 자신이 사내이고 그녀를 좋아한다는 것을 기어코 증명해 보이고 싶어 했던 것일까? 그가 살인범이 아니라는 것을 빼면 그는 결국 무엇을 연기한 것일까?

어찌 되었든 연극은 끝났다. 그가 사람을 죽였든 죽이지 않았든, 그가 그녀를 좋아하든 그렇지 않든, 마리아에게 달라질 건 없었다. 그는 서른이 채 되지 않았고, 그녀는 훨씬 더 나이가 많았다. 심지어 더 나이 들어 보이게 굴기도 했다. 그녀는 사실 자신이 세네갈에 가지 않으리라는 것을 알고 있었다. 그리고 언젠가 게레가 젊고 예쁜 여자를 찾아 떠난다면, 자신은 그것을 감당할 수 없을 거라고도 늘 생각했다. 그녀는 자신을 보다 가혹한 방식으로, 고독 속으로 내던질 거였다. 그녀의 머릿속에 그들이 함께 사는 모습이 사진처럼 그려졌다. 사진 속에는 바나나 나무를 배경으로 젊어진 마리아가 게레의 팔에 의지한 채 카누에 오르고, 에어컨이 돌아가는 바에서 서로를 바라보며 각자의 동등한 성공을 축하하고 있거나, 그녀가 희귀한 난초를 게레에게 보여주고 그는 경탄하고 있었다. 이 모든 사진은 즉시 바구니 안으로 들어갈 것이었다. 그리고 그녀의 인생에서 발췌한 다른 사진들과 마찬가지로 다행히 지금은 그게 어떤 색이었는지조차 기억나지 않은 것들과 뒤섞일 거였다.

"설마 그 자식한테 마음 있는 거 아냐?" 질베르의 목소리가 감상에 빠져 있던 그녀를 건져 올렸다.

"내가……?" 마리아가 코웃음을 쳤다. "애송이에 허언증 걸린 애를? 가여운 질베르…… 당신은 내가 아직도 누군가를 좋아할 나이라고 생각해? 누군가를 원할……."

"나이가 문제가 아니지."

가슴을 한껏 내밀고 체모가 적은 탓에 실종된 콧수염을 검지로 더듬거리며 그가 입을 열었을 때, 개가 맹렬하게 짖어대기 시작했다. 두 발을 들더니 문 쪽으로 튀어 올랐다.

동시에 사이렌 소리가 울렸다. 소리가 점점 더 커지자 마리아가 질베르에게 말했다.

"탄광 사고야. 우릴 포격하진 않을 테니까 걱정 마."

또다시 자신이 겁을 먹었다고 생각하는 것에 질베르가 화를 내려 했을 때, 문이 열리더니 머리가 헝클어진 게레가 흥분으로 눈을 빛내며 나타났다.

다행히 아주 불명예스럽진 않게 되었다고, 마리아는 생각했다. 그리고 가벼웠던 두려움이 두 배로 커진 질베르의 눈에서 그 역시 같은 판단을 내리고 있음을 알았다. 그녀는 순간 게레가 자신의 옛 공범자에게 주먹을 갈기길 바랐다. 그녀는 그가 이 일의 주도권을 쥐고, 은닉자의 권리를 되찾아 더 교활하게 일을 처리하고, 결국 승리하길 은연중에 바라고 있었던 것이다! 이 엉뚱한 소망은 3초간 이어졌는데, 정확히는 조심스레 자신의 겉옷을 벗어 옷걸이에 건 게레가 어색한 태도로 "안녕하세요"라고 말하는 순간까지였다.

"이런 꼴로 들어와서 미안해. 사고가 났었거든. 나 일요일까지 쉬어. 미리 말을 못 했어." 그가 덧붙였다. "아, 못했어요……."

그의 존댓말에 마음을 놓은 질베르가 웃음을 터뜨렸다. "여기선 예의를 차려야 하나 보지? 좋아. 아무튼, 난 질베르요. 당신은…… 가로인가? 게랭이었나……?"

"게레입니다." 마리아에게 연심을 품은 가련한 남자가 기계적으로 입을 열었다.

게레는 기뻐야 했지만 사실 미칠 것 같았다. 돈을 가져왔을 이 남자는 행운의 메신저일 게 분명한데, 빈정거리는 그의 적대적인 태도를 보면 그런 걸 상상할 수 없었다. 어쨌든 삼등분으로 나눠 갖게 될 텐데…… 그는 더 상냥해야 옳았다.

"기차를 타고 오셨나요? 꽤 멀죠?" 게레가 대화를 시도했다.

"자동차로 왔어. 그리고 저 사람 신경 쓰지 마." 마리아가 무시하듯 말을 잘랐다.

그녀는 게레가 집에 온 이후로 그를 쳐다보지 않고 있었다. 지난밤 그의 머리와 어깨에 내려앉았던 손의 촉감이 아니었더라면, 그는 그녀가 자신을 증오한다고(혹은 예전처럼 경멸한다고) 생각했을 것이다. 질베르는 게레와 마리아를 묘한 눈빛으로 둘러보았다. 일이 그가 생각한 대로 돌아가지 않고 있었다. 말투가 문제인 건가…… 그는 서두르기로 했다.

"사람을 열다섯 번이나 찌르는 건 어떻던가?" 그가 질문했다.

"열일곱 번입니다." 게레가 기계적으로 바로잡았다.

"저런, 실례했군, 열일곱 번인데. 기분이 좋았소? 즐거웠소? 그렇게 뚱뚱한 남자는 죽이기 너무 힘들지 않나?"

당황한 게레의 얼굴이 붉어졌다.

마리아가 끼어들었다. "그만해, 질베르. 그럴 필요 없어. 신문 읽었잖아?"

그녀가 신문의 결정적인 페이지를 펼쳐 게레에게 건넸다. 의아한 듯 눈썹을 치켜올리며 신문을 받아 든 그가 바로 옆 테이블, 질베르의 맞은편 자리에 앉았다.

그가 벽난로 옆에 놓인 가방을 발견한 것은 바로 그 순간이었다. 마리아 쪽으로 고개를 돌렸지만 그녀는 기사를 읽으라고 턱짓으로 명령할 뿐이었다. 읽기를 끝낸 게레가 아무 말 없이 테이블 위에 신문을 올려놓았다. 눈을 내리깔고서, 자신을 짓누르는 듯한 두 명의 시선을 느꼈다. 침묵이 꽤 오래 지속되자 참지 못한 질베르가 먼저 입을 열었다.

"자, 잭 더 리퍼, 어떻게 생각해?"

게레는 그가 보이지도 들리지도 않는다는 듯 굴었다. 천천히, 마리아를 향해 시선을 들어 올렸다. 그러고는 간신히 입을 뗐다.

"미안해…… 미안해……"

"뭐가 미안해? 당신이 그 남자를 죽이지 않은 게?"

"아니." 게레의 목소리는 거의 들리지도 않을 정도였다. "당신한테 내가 한 짓이라고 말해서."

"당신은 나한테 아무 말도 하지 않았어." 마리아의 태도는 명확했다. "그렇게 믿은 것도 나고, 그러길 바란 것도 나야. 겉모습이나 평소 태도로 당신이 그럴 수 없다는 걸 알아봤어야 했는데. 꼴좋게 된 거지……"

"내가 너무 원망스러운 거 아니야?"

게레의 표정이 죽다 살아난 것 같았다.

"여러 번 당신에게 말하고 싶었어…… 모르겠어. 이제야 마음이 조금 가벼워지네…… 이상하지?" 그가 수줍게 웃으며 말했다.

"가벼워지는 거라면, 곧 그렇게 될 거야."

질베르가 끼어들었다.

"이봐, 네가 이 일에서 한 만큼 나눠주려고 했는데, 보다시피 지금은 말도 안 되는 거라는 걸 너도 알 거야. 마리아가 뭐 좀 주고 싶어 한다면, 그녀에게 말했다시피 팁을 좀 주지. 뭐, 많이는 아니고…… 1만 프랑이나 2만 프랑 정도? 너도 어디에 여자 친구가 있을 거 아냐? 아니

뭐, 부모님이든 친구든."

게레가 자신에게 느닷없이 던지는 눈빛으로 자신이 '실수'했음을 깨달은 질베르가 황급히 말을 바꿨다.

"그런 건 중요하지 않아." 게레가 중얼거렸다. "그런 건 중요하지 않아…… 아무래도 상관없어. 팁은 필요 없어요. 내가 술을 따른 것도 아니고……." 그가 비참하게 웃음을 흘렸다.

"좋아. (오른쪽과 왼쪽을 훑어본 질베르는 자신이 움직이지 않으면 상황이 끝나지 않을 것 같았다.) 그럼 이제 갈까, 마리아? 차가 좀 멀리 있어. 길이 미끄러워서 말이야. 이런 거지 같은 동네는 비만 오면……."

"방에 가보면 봉투 하나가 있을 거야." 마리아가 시선을 외면한 채 게레에게 말했다. "그걸로 오토바이 여러 대 살 수 있어, 큰 걸로."

질베르가 문을 열자마자, 그녀가 그쪽으로 향했다.

"안 돼! 이럴 수는 없어. 당신 어딜 가는 거야?"

갑자기 자리에서 일어나 외치는 게레의 목멘 듯한 목소리에 질베르가 그 자리에 멈춰 섰다.

"이 사기꾼 자식아. (흥분한 얼간이 때문에 그가 결국 본색을 드러냈다.) 우리한테 들러붙지 마. 마리아가 좀 떼어줬잖아! 다행인 줄 알아야지. 이 여잔 이제 떠날 거야. 햇빛 쨍쨍한 곳으로 갈 거라고."

"안 돼……." 게레가 고개를 저으며 말했다. "이럴 순 없어……."

"마리아가 네 간식이나 만들어주면서 이런 음산한 곳에서 살아야 한다는 거야? 꿈 깨! 이제 멋들어지게 살 거니까. 게다가 우리끼리니까 하는 말인데, 너한테 좀 질린 모양이더군. 너 같은 약골은 저 여자 취향이 아냐, 알아?"

"그렇지 않아…… 절대로 아냐……."

제 식대로 상황을 파악한 질베르의 어투가 난폭해졌다. "돈 때문인 모양인데, 포기하는 게 좋아. 마리아랑 내가 5 대 5로 나눌 거야. 넌 이제 꺼져, 바쁘니까. 호구랑은 한자리에 있기 싫으니까 꺼지란 말이야. 빌어먹을!"

그의 언성이 높아졌다. 게레가 양팔로 문을 가로막기 시작했기 때문이었다.

"비켜, 게레." 이번엔 마리아의 차례였다. "비켜, 다 끝났어……."

"당신 돈을 노리는 거라고. 저 얼빠진 것 좀 봐. 돈 달라는 거라고. 하지만 그렇겐 안 될걸." 그가 주머니에서 칼을 꺼냈다. 게레의 얼굴 근처로 칼날을 휘둘렀다. "비켜."

"당신은 떠나요. 돈도 가지고요. 난 상관없으니까." 게레가 억양 없는 목소리로 말했다. "하지만 마리아는 안 돼. 저 여자는 나랑 여기 남을 겁니다. 내게 그러겠다고 했어요. 나 배편까지 알아봤어. 3개월 동안이나 이야기했잖아. 안 그래, 마리아? 그러니까 당신이나 가버려!"

"나보고 돈 갖고 혼자 떠나라고?"

질베르의 목소리는 분노에 차 있었다. 마음속으론 게레의 말이 그럴싸하게 느껴졌음에도 말이다. 마리아가 동의하기만 하면 딱인데……. 그러나 마리아는 눈썹을 구긴 채 숨을 가쁘게 들이마시고 있었다. 그건 그녀가 화가 났다는 표시였으므로, 서둘러야 했다.

"저리 안 비켜? 마지막 경고야. 난 떠날 거야. 마리아도 마찬가지라고, 이 잡종 개새끼야!"

마리아가 문 쪽으로 발을 내디뎠다. 어쩌면 게레는 당황한 나머지 그녀가 지나가도록 내버려뒀을 수도 있었다. 공교롭게도 질베르가 그녀를 위해 길을 터주려는 매너를 발휘하지만 않았더라면, 바꿔 말해 게레를 벽으로 밀치지만 않았더라면 말이다. 게레가 질베르를 향해 발작적으로 달려들었다. 그의 목을 움켜쥐고, 갑자기 정신이 나간 사람처럼 그 자리에서 흔들어대기 시작했다.

"넌 저 여잘 못 데려가!"

질베르가 그의 손에 매달린 채 덜렁거렸다.

"마리아는 나랑 있을 거야. 돈은 있든 없든 상관없다고! 마리아는 우리랑 있을 거야. 저 개랑 나랑…… 왜냐하면, 저 개랑 내가 그녈 사랑하니까. 알겠어? 난 마리아를 사랑해." 게레가 분노했다. "세네갈이든 베튄이든 아무래도 좋아. 내가 원하는 건 마리아니까. 마리아랑 개만 있으면 돼."

"이거 놔……."

질베르는 질식할 것 같았다. 그의 얼굴이 그 밤, 카바레의 남자처럼 창백해졌다. 게레 역시 카바레에서처럼 그를 보지 않고 있었다.

"놔줘!" 마리아가 소리를 질렀다. "그 사람 놔주라고, 게레!"

"그리고 마리아도 우릴 사랑해." 그가 질베르의 머리를 벽에 박아대며 말을 이었다. "그녀도 이제 우리 없인 못 산다고…… 알겠어?"

그러나 질베르는 그런 건 알지 못했다. 다만 이 멍청한 자식이 놔주지 않으면 자신이 곧 죽을 거라는 것은 알았다. 그는 더듬더듬 칼을 찾아 쥐었다. 그리고 느리지만 능숙하게, 게레의 배에 찔러 넣었다. 게레는 순간적으로 알아채지 못한 것 같았다.

"젠장, 좀 놓으라고!" 아무것도 보지 못한 마리아가 외쳤다.

풀려난 질베르가 그녀 쪽으로 뒷걸음질 쳤을 때, 마리아는 단순히 게레가 자신의 말을 들은 거라고 생각했다. 그러나 곧 그의 바지에 난 얼룩이 보였다. 그리고 그가 문을 가로질러 쓰러지는 것이 눈에 들어왔다. 개가 그에게 빠르게 달려가 코를 킁킁댔다.

"빌어먹을……" 질베르가 웅얼거렸다. "무서워 죽을 뻔했네……"

"구급차 불러." 마리아가 짧게 말했다.

그러나 피가 어디에서 나는 건지 확인한 그녀는, 이미 상황을 파악한 뒤였다.

구급차가 빠르게 도착했다. 아직 고통이 느껴지지 않는 데다, 발작적으로 쿨렁대는 피를 바라보며 겁먹기보단 놀란 듯 보이는 게레에게는 너무 빨리 온 것 같기도 했다. 마리아가 떠나지 않겠다는 의미로 자신의 겉옷을 그의 머리 아래에 받쳐주었다. 그리고 게레에게 그보다 중요한 건 없었다. 게레는 마음이 놓였다. 열이 나고 있었지만 이제 그녀가 모든 걸 알게 되었고 자신과 함께할 것이므로, 돈이 있든 없든 그들은 함께 진정으로 행복한 삶을 누릴 것이다. 따라서 게레는 젊은 인턴과 구급대원들에게 협조적으로 굴었고, 아무렇지 않게 사고가 난 척했다.

"비장이군." 인턴의 얼굴이 굳어지지더니 손놀림이 빨라졌다.

구급차에 절반 정도 들어가 있는 게레의 눈에 하늘이, 벌판이, 광재 더미가, 그리고 바로 앞에서 자신을 바라보고 있는 마리아가 들어왔다. 이상하지만 부드러운 표정이었다.

"내가 돌아올 때까지 여기 있을 거지? 응?" 그는 자신의 호흡이 짧아지는 것을 느꼈다. 몸이 창백해지고 있었다. 추웠다. 바보같이, 아무리 그래도 싸움이라니……. 싸움은 어리석은 짓이란 걸 그는 언제나 알고 있었다.

"그래, 여기 있을게."

이제 그는 구급차 안으로 완전히 들어갔다. 그의 곁에 있던 인턴이 맥박을 짚더니 왜 그러냐는 듯 눈썹을 치켜올린 마리아를 힐끔댔다. 아무것도 이해하지 못한 채, 게레는 눈을 내리깐 인턴이 왼쪽에서 오른쪽으로 고개를 젓는 것을 보았다. 질베르는 기세가 완전히 꺾인 모양이라고, 게레는 생각했다. 그는 자기 차가 있는 방향으로 도망치기까지 했다. 구급대원 중 하나가 구급차의 문을 닫기 시작했다. 그러자 흰색으로 칠해진 두 짝의 함석 문 사이로 드러난 하늘이 빠르게 좁아져가는 것이 게레의 눈에 들어왔다. 그가 손을 들자 구급대원이 친절하게 동작을 멈췄다. 그들이 너무나 절박해 보였다.

"나 기다릴 거지……?" 쉰 목소리가 흘러나왔지만 게레는 그 이유를 알지 못했다. "맹세해줘, 마리아."

마리아는 어슴푸레한 구급차 안으로 몸을 숙였다. 비현실적으로 클로즈업된 그녀의 얼굴이 그의 눈앞에 어른댔다. '걸핏하면 경멸하는 표정을 짓곤 하지만 의식하지 않으면 때로 너무도 부드러워지는 얼굴'이라고, 그는 생각했다. 옆구리가 아파오기 시작했다.

"영원히 기다릴게, 이 머저리야……." 그녀가 잠긴 목소리로 말했다.

이윽고 구급차의 문이 닫혔다. 게레의 눈엔 이제 자신과 그녀 사이를 가로막는 하얀 벽밖에 보이지 않았다.

구급차가 쏜살같이 떠났다. 사이렌 소리가 의미 없이 울려 퍼졌다. 차를 쫓아 달리던 개가 소용없다는 것을 깨닫고는 얼마 가지 않아 멈춰 섰다. 길 한가운데에서, 시내

쪽을 바라보다 마리아를 향해 고개를 돌렸다. 그녀는 가만히 서 있었다. 언젠가 게레가 검은색 드레스를 입고서 자신을 기다리고 있는 그녀를 보았던 바로 그 자리에서. 마리아는 움직이지 않았다.

개는 망설였다. 다시 길과 마리아를 번갈아 바라보았다. 그러더니 일순 완전히 다른 방향으로 가볍게 걸어가기 시작했다.

감사의 말

이 자리를 빌려 뜻하지 않게 도움을 주신 장 우그롱 씨에게 감사의 인사를 드린다. 사실 이 소설의 시발점이 된 '하숙집 여주인', '모욕당한 남자', '도둑맞은 보석'의 설정은 스톡출판사에서 출간한 그의 탁월한 단편집 《모욕당한 사람들》에서 착안한 것이다. 비록 이야기와 구성 요소들을 완전히 바꾸긴 했지만, 작품을 쓰는 내내 그의 재능으로 이 공상이 비롯된 것에, 내게 전과 다른 상상의 길을 열어준 것에 감사의 마음을 표하고 싶었다.

프랑수아즈 사강

옮긴이의 말

서로의 눈에 투영된 눈부신 환영과 상흔

프랑수아즈 사강이라고 하면 자연스럽게 떠오르는 사진이 있다. 짧은 커트 머리에 큰 눈을 동그랗게 뜬 앳된 사강이 고양이를 안고 있는 모습이다. 사강이 영원히 젊음과 도발, 자유의 이미지로 남은 것의 5할은 그 유명한 사진 덕분일지도 모른다. 나는 이참에 나이 든 사강의 모습을 떠올려보았는데, 잘 그려지지 않았다. 무려 2000년대에도 살아 있었는데 말이다. (사강은 2004년 9월 24일, 69세를 일기로 세상을 떠났다.) 독자에게 영원한 젊음으로 기억되는 건 작가에게 축복이라고 할 수 있을지도 모르겠다.

사강이 《엎드리는 개》를 쓴 것은 마흔다섯 살 무렵이

었다. 장 우그롱의 소설을 영화화할 계획이었는데, 이를 거절당하자 몇 개의 모티프를 기반으로 직접 새로운 소설을 쓰기 시작했다. 사강은 '감사의 말'에 이 과정을 간단히 명시해두었지만, 출간 직후 장 우그롱과 해당 출판사가 사강을 상대로 한 소송에 패소해 배상금을 물어야 했다.‡ 더불어 《엎드리는 개》는 사강을 둘러싼 다채로운 스캔들의 일부가 되었다.

이 작품은 성실함을 제외하곤 아무런 매력도 미덕도 없는, 탄광회사 회계과에 근무하는 4년차 직원 게레가 우연히 엄청난 고가의 보석들을 발견하면서 벌어지는 일련의 사건들을 담고 있다. 자신이 주운 보석들이 사실은 살인 사건과 연관된 장물이라는 것을 우연히 알게 되면서 그의 무미건조한 삶이 극적인 방식으로, 그러니까 누아르로 변화하기 시작하는데, 그 중심에는 게레가 묵는 하숙집 여주인인 마리아가 있다. 완고하고 칙칙하며 손바닥만 한 자기 정원을 가꿀 때를 제외하곤 매사에 지리멸렬하기

‡ 마리 도미니크 르비에브르, 《사강 탐구하기》, 최정수 옮김, 소담출판사, 2012.

만 한 늙은 여자. 이 작품의 긴장감은 우연한 행운으로 인생 역전을 꿈꾸는 스물일곱 살 청년의 욕구와 한때 마르세유 갱단 보스의 정부로 이름을 날리던 여자의 노스탤지어적 욕망이 부딪치면서 증폭된다. 그리고 그 긴장감은 게레가 마리아를 사랑하게 되는 순간, 처절함으로 뒤바뀐다.

이것을 무엇에 관한 이야기라고 할 수 있을까. 나는 번역 작업을 하는 내내, '복종'이니 '순종'이니 하는 단어를 떠올렸었다. 누군가가 무엇에 대한 복종이냐고 물어본다면, 사랑이 아닐까, 하고 대답할 생각이었다. 게레는 마리아에게 개와 같은 충성심을 보여주니까 말이다. (이 작품의 원제인 'Le chien couchant'은 사냥개를 가리키기도 하는데, 사냥감을 잡기 위해 포복하는 개의 특성에서 비롯되었다고 한다.) 그러나 애정을 갈구하는 그의 모습을 보고 있노라면, 끝끝내 그 복종심은 마리아를 향한 것도, 사랑을 향한 것도 아닌 것 같다. 그보다는 마리아의 시선에 투영된 게레 자신을 향한 것처럼 보인다. 왜냐하면 그들이 서로에 대해 잘못 알고 있는 순간에도, 마리아가 그를 경멸하거나 그가 마리아를 원망하는 순간에도 복종은 멈추지 않기 때문이다. 그리고 그런 순종적 태도는, 게레에게서 젊은 시절의 눈부신 환영을 발견한 마리아가 일순 다른 사람이라도 된 듯 매력적으로 웃어 보이는 순간, 게레만의 전유물은 아니게 된다.

마리아는 문지방에 서 있는 것으로, 길 한가운데 미동 없이 머물러 있는 것으로 자신의 복종을 표현한다. 그리고 그런 때의 그녀는 역설적이게도 늘 혼자다. 그녀는 삶이 결국 자신으로 수렴된다는 것을 안다. 그녀의 복종은 고독으로 완성되기에, 그런 의미에서 소설의 결말은 가장 쓸쓸한 승리라 할 수 있지 않을까?

2023. 가을

김유진

김유진

2004년 문학동네 신인상에 단편소설 〈늑대의 문장〉이 당선되면서 작품 활동을 시작했으며, 2015년 아이오와 국제 창작 프로그램에 참가했다. 주요 작품으로 소설집 《늑대의 문장》, 《여름》, 《보이지 않는 정원》, 장편소설 《숨은 밤》, 산문집 《받아쓰기》 등이 있다. 문학동네 젊은작가상, 황순원신진문학상, 김용익문학상 등을 수상했다. 옮긴 책으로 《음악 혐오》, 《나의 이브 생 로랑에게》, 《나를 잊지 말아줘》 등이 있다.

작가 연보

1935 프랑스 남서부의 카자르크에서 태어났다. 본명은 프랑수아즈 쿠아레Françoise Quoirez.

1944 종전 후 가족과 함께 파리로 이주해 루이즈드베티니 학교와 우아조 수녀원 부속학교에 다녔으나 학업 태만 영성 부족 등의 이유로 퇴학을 당했다.

1952 두 차례 시도 후 2차 대학 입학 자격시험에 합격해 소르본 대학교에 입학했다.

1954 《슬픔이여 안녕Bonjour tristesse》을 필명 프랑수아즈 사강으로 출간했다. 열여덟 대학생이 쓴 이 소설은 프랑스 문단에 큰 반향을 일으켰으며, 비평가상을 수상했고 이후 22개국으로 번역되어 500여만 부가 판매

되었다.

1956 《어떤 미소Un certain sourire》 역시 수작으로 평가받았다. 에세이 《뉴욕New York》을 출간하였다.

1957 《한 달 후, 일 년 후Dans un mois, dans un an》를 출간한 후 큰 교통 사고로 차가 전복되어 혼수상태에 들었다가 깨어났다. 통증 때문에 처방받은 진통제로 중독 증상을 얻게 되었다.

1959 《브람스를 좋아하세요… Aimez-vous Brahms…》를 출간했다.

1960 편집자였던 첫 남편 기 쇼엘러와 이혼했다. 희곡 《스웨덴의 성Château en Suède》이 연극으로 공연되어 브리가디에 상을 받았다.

1961 희곡 《바이올린은 때때로Les violons parfois》, 《신기한 구름Les merveilleux nuages》을 출간했다.

1962 미국인 조각가 밥 웨스토프와 두 번째 결혼을 했고 아들 드니가 태어났다.

1963 밥 웨스토프와 이혼했다. 희곡 《발랑틴의 연보랏빛 드레스La robe mauve de Valentine》, 시나리오 《랑드뤼Landru》를 출간했다.

1964 에세이 《해독 일기Toxique》, 희곡 《행복, 홀수번호, 패

스Bonheur, impair et passe》를 출간했다.

1965 《패배의 신호La chamade》를 출간했다.

1966 희곡《사라진 말Le cheval évanoui》,《가시L'écharde》를 출간했다.

1968 《마음의 파수꾼Le garde du cœur》을 출간했다.

1969 《찬물 속 한 줄기 햇빛Un peu de soleil dans l'eau froide》을 출간했다.

1970 희곡《풀밭 위의 피아노Un piano dans l'herbe》를 출간했다.

1972 《영혼의 푸른 멍Des bleus à l'âme》을 출간했다.

1973 에세이《그는 향기다Il est des parfums》(G. 아노토 공저)를 출간했다.

1974 《잃어버린 프로필Un profil perdu》을 출간했다.

1975 대담집《답변들Réponses》, 단편집《비단 같은 눈Des yeux de soie》, 사진에세이《브리지트 바르도Brigitte Bardot》(사진가 G. 뒤사르 공저)를 출간했다.

1977 《흐트러진 침대Le lit défait》, 시나리오《보르지아의 금빛 혈통Le sang doré des Borgia》을 출간했다.

1978 희곡《밤낮으로 날씨는 맑고Il fait beau jour et nuit》를 출간했다.

1979 《엎드리는 개Le chien couchant》를 출간했다.

1981 단편집 《무대 음악Musiques de scènes》, 《화장한 여자La femme fardée》(랑세포베르 공저)를 출간했다.

1983 《고요한 폭풍우Un orage immobile》(쥘리아르포베르 공저)를 출간했다.

1984 자서전 《내 최고의 추억과 더불어Avec mon meilleur souvenir》를 출간했다.

1985 《지루한 전쟁De guerre lasse》, 단편집 《라켈 베가의 집La maison de Raquel vega》(페르난도 보테로 그림)을 출간했다. 모나코 피에르 대공 상을 받았다.

1986 《여자들Des femmes》을 출간했다.

1987 《핏빛 수채물감Un sang d'aquarelle》, 전기 《사라 베르나르, 깨뜨릴 수 없는 웃음Sarah Bernhardt, le rire incassable》을 출간했다.

1988 에세이 《파리의 골목La sentinelle de Paris》(위니 덴커 공저)을 출간했다.

1989 《끈La laisse》을 출간했다.

1991 《핑계Les faux-fuyant》를 출간했다.

1992 대담집 《응답들Répliques》을 출간했다.

1993 자전소설 《그리고… 내 모든 공감Et… toute ma sympathie》을 출간했다.

1994 《지나가는 슬픔Un Chagrin de passage》을 출간했다. 불치의 암 선고를 받은 자신을 투사한 이 소설로 다시금 평단의 찬사를 받았다.

1996 《방황하는 거울Le miroir égaré》을 출간했다.

1998 회고록《어깨 너머로 돌아보다Derrière l'épaule》를 출간했다.

2004 69세로 옹플뢰르에서 수년간 앓던 심장병과 폐질환의 여파로 사망했다. 고향 카자르크에서 평생의 친구 페기 로슈 옆에 묻혔다.

2008 칼럼집《봉주르 뉴욕Bonjour New York》,《셋집Maisons louées》,《재칼들의 향연Le régal des chacals》,《극장에서Au cinéma》,《블랙 미니드레스La petite robe noire》,《스위스에서 온 편지Lettre de Suisse》, 에세이《아주 좋은 책들에 관하여De trés bons livres》, 단편집《삶을 위한 아침Un matin pour la vie》등이 유작으로 출간되었다.

엎드리는 개

초판 1쇄 발행 2023년 11월 20일
초판 2쇄 발행 2024년 1월 3일

지은이 프랑수아즈 사강
옮긴이 김유진

펴낸곳 ㈜안온북스
펴낸이 서효인·이정미
출판등록 2021년 1월 5일
제2021-000003호
주소 서울시 마포구 월드컵로14길 28 301호
전화 02-6941-1856(7)
홈페이지 www.anonbooks.net
인스타그램 @anonbooks_publishing
디자인 피포엘
제작 제이오

ISBN 979-11-92638-24-9 04860
979-11-92638-22-5 (세트)